♥パレット文庫

# 砂時計の少年たち

秀麗学院高校物語13

七海花音

JN285561

小学館

# 主な登場人物

▲花月那智《かげつなち》

学年副頭取で、学院の陰《かげ》の仕事人。踊りの家元の息子《むすこ》。舞踏会の予行演習の時、宗家を助けるため大怪我《けが》を負ってしまった。

▲不破《ふわ》 涼《りょう》

高2。学年最高頭取。夜はクラブで働いていて、独《ひと》り暮らし。周りの人々に支えられ、幾度もの困難を乗り切ってきた。

▲桜井悠里《さくらいゆうり》

裕福な家庭で幸せいっぱいに育った。心臓の手術後すっかり元気になり、その明るさで涼と花月の力になっている。

▲田崎《たさき》 仁《じん》

銀座の画廊のオーナー。亡《な》くなった息子にそっくりな涼を、本当の子供のように思っている。

▲森下《もりした》 葉《よう》

涼のクラスメート。素直で明るく成績優秀。母親と二人暮らし。バイトをしながら励張っている。

イラスト／おおや和美

# もくじ

## ～これまでのお話『やがて少年は目覚める』から～

花月那智《かげつなち》は日舞の家元の一人息子《むすこ》だ。しかし彼は養子で本当の両親は赤ん坊の時に事故に遭《あ》い亡《な》くなっていた。家元夫婦と血が繋《つな》がっていないことを知っている那智は、血縁の壁を乗り越えようと人一倍稽古《けいこ》に励む。家元夫婦はそんな那智が愛《いと》おしく、実の子同然に可愛がって育ててきた。しかし家元の父親である宗家は、那智を花月家の人間とは認めない。その上、那智が花月家に不幸の数々を運んでくる災《わざわ》いを持つ子供だと思っていた。それはすべて花月の親族による、那智に家元を継《つ》がせないための策略が張り巡らされていたからだ。辛い日々を送る那智だったが、とある格式ある舞踊会で『藤娘』を踊らせてもらえることになった。家元は喜び、那智も稽古に励むが、予行演習の日に、舞台の様子を見にきた宗家に照明器具が落ちてくる。那智は咄嗟に宗家を庇《かば》うと生死を彷徨《さまよ》う大怪我《けが》を負ってしまう。命を救ってもらった宗家は、それまで自分が那智にしてきた仕打ちを詫《わ》び輸血をすると、孫の那智はようやく目を覚ました。

秀麗学院高校物語 13

# 砂時計の少年たち

時計は右回り
ニュートンの林檎《りんご》は天《そら》から大地へと落下する
僕らの夢は
未来《あす》にしか実らない

# 夢への扉　～Door to the dream～

梅雨《つゆ》入りを迎え、早一週間、雨は容赦なく朝から激しく降り続いている。

その重苦しい天気に同化するように、学院に向かう俺の心は、秒刻《きざ》みでどんどん暗くなってゆく。

週明けの月曜日――中間テストの結果発表があるからだ。

胃はきりきりと痛みだし、ありとあらゆる悪いことしか想定できなくなる。

毎回のことだが、このプレッシャーに慣《な》れることは、たぶん永遠に、ない。


しかし…救われていた…。

今回もセーフだった。

東京屈指の名門校、秀麗《しゅうれい》学院高校、一階の下駄箱前の廊下に、でかでかと張り出されてあるテスト結果を見て、安堵《あんど》のあまり、全身から力という力が抜けてゆく。

順位表を見つめ、思わず手を合わせ、誰かに拝《おが》みたいような気持ちになっているのは、俺、不破涼《ふわりよう》である。

「よかったですね、不破…。また一位の座を守りましたね。しかも九教科の合計点が八九五点だなんて普通じゃありませんよ。先生方としても思いっきり捻《ひね》った問題を出したつもりなのに、不破にはその手は通じませんでしたか、ふふ…」

俺の背後からそっと現れて、嬉《うれ》しそうに耳元で笑っているのは、同学院『陰《かげ》の仕事人』、はっきり言って、今はもう俺の兄弟、あるいは家族のような存在になってしまった不死身の相棒、花月那智《かげつなち》だった。

しかしこの相棒のテスト結果こそ、すごいと思う。

「花月こそ超人的だよ…。中間テスト前日まで二週間近くも入院してたのに、どうして学年三位が取れるんだよ…お前それ、毎日学校で必死に授業をしている先生方に失礼だよ…」

花月は日本舞踊のお家元の一人息子《むすこ》で、自らも舞台に立つのだが、先日、不運なことに、舞踊会の予行演習の際、突然、照明器具が上から落ちてきて、大怪我《けが》を負い、生死の境を彷徨《さまよ》ってしまった。

それは、祖父である宗家を助けるための咄嗟《とっさ》の行動だった。

このように花月はいつだって簡単に自分の身を犠牲《ぎせい》にしてしまう。

それが彼のとても貴いところであり、俺としては、かなり心配な性格でもある。

「不破のお陰ですよ。不破が毎日、お見舞いに来てくれて、試験勉強を一緒にして下さったからですね…。不破の説明は本当にわかりやすくて、助かりました」

漆黒《しっこく》の長髪をきらきらと輝かせながら、にっこりとほほ笑むその大人びた横顔は、以前と変わらず雅《みやび》で、そこはかとない品がある。

だけど現在、彼の制服の下に隠《かく》れて見えない部分――肩、腕あるいは胸には、まだ癒《い》えない傷がたくさん残っている。

まだまだ無茶はできない体だ。

いや、もう絶対に無茶はさせてはいけない。この俺がさせない。

しかしその花月もこうして元気な姿で学院に戻って来てくれて、ほっとしている俺である。

花月が学校にいないと、どうしても気が抜けてしまうのだ。

「ひゃあー、涼ちゃん、よかったねーっ。また一番だねっ。美少年なのに、やるときゃやるよ。やらない時もやってるけどっ」

込み合う廊下で即座に俺を見つけると、俺の腕をぎゅうっと掴《つか》み、真っ茶色の大きな目で、訳のわからない賛辞を述べてくれるのは、桜井悠里《さくらいゆうり》だ。

一緒に登校したのだが、編み上げの革靴の紐《ひも》がうまく解《ほど》けず、下駄箱でそれと格闘している間に、俺に置いてきぼりをくってしまった幼なじみだ。

小学校五年から中学卒業まで一緒で、さらに同じ秀麗学院高校へと進学し、高二になった現在も同じクラスという、今やもう、花月同様、かけ替えのない友人だ。

　俺とは性格も境遇も丸っきり反対だが、なぜかかなり気は合う。

　ただし悠里は、先天性の心臓病を持って生まれてきて、去年、大手術を受けた体なので、大事にしてあげないといけない（しかし、この頃は本当に元気になった）。

「あっ！　でも僕もすごいっ、一〇四番だっ。もうあとちょっとで、夢の二桁《けた》台だっ」

　悠里はくったくのない笑顔で、ようやく自分の順位を見つけていた。

　よほど嬉しかったのか、Vサインを作ると、その人差し指と中指を、俺の頰《ほお》にぎゅっと突きさしている。

「でも、一位の涼ちゃんと三位のなっちゃんに比べると、僕もまだまだだけどね」

　悠里はへへっと笑うが、誰もが秀才で当たり前の秀麗学院で、しかも一学年三百人もいる中で、その三分の一に位置するなんてなかなかすごいことだと思う。

「悠里、あなたは立派ですよ。常に上昇しようとするその姿は、鯉《こい》の滝登りのごとく、見事としか言えません」

　俺の背後にいた花月も、悠里に声をかけると、心底感心している。

「そして不破、あなたはこれまでの美少年の概念をことごとく打ち破ってゆく、非人間的なまでの努力と集中力の人です。且《か》つ、その類稀《たぐいまれ》な美しさに身を持ち崩すこともなく、ただひたすらストイックに学問の道を追究して行くその姿、この花月、参りました」

花月は相変わらず大袈裟《おおげさ》だが、俺の場合、生活がかかっているので、つい命をかけて一位を死守してしまう。

常に学年三位以内をキープしておかないと、奨学金が貰《もら》えないからだ。

私生児として生まれ、そのたった一人の母親も六年前に他界した今、自分の生活は自分で守らないといけない。

実はかなりあくせく暮らしているので、奨学金なしで、自費で私立の秀麗に通うなんて、相当キツいのが現実だ。はっきり言って、奨学金は俺の命の綱《つな》だ。

それならなぜ、初めから公立校へと進学しなかったのか――。

それが俺の無謀《むぼう》なところなのだが、親もいない財産もない、とにかく何もない、そんな俺が唯一自分を守る方法と言ったら、取り敢《あ》えず秀麗のような世間の誰もが一目置いてくれる、超名門校に在籍して、信用という後ろ盾《うしろだて》を作ることだけだった。

しかし今はもう、信用とか後ろ盾とかいうことよりも、秀麗に入学してよかったと心から思っている。

大勢のいい仲間に巡《めぐ》り逢《あ》えて…先生方にもよくしてもらって…すごく幸せだ。

できれば、このままみんなと一緒に、秀麗学院を卒業したい。

しかし、それがどれほど大変なことか、試験の結果を待つ度に痛感する。

とにかく…一学期の中間テストはクリアした…。残るは期末テストだけだ。

この調子で頑張らないといけない。

そして気持ちが徐々に落ち着いてくると、九百点満点のうち、引かれている五点は、いったい何だったのだろう…、と妙《みょう》に気になり出してしまう。

数学の不定積分の答えを暗算で出したのがいけなかったのだろうか…。

それとも英単語の単純スペル・ミスだろうか。

いや、現国の文章題にあった『主人公の気持ち』、とかいうのを履き違えたのかもしれない。だって俺はどうも人の気持ちに疎《うと》いところがある…。

しかし…どうせ一位になるのなら、満点を取りたかった…。

じわじわと残念な気持ちが湧いてくる、相変わらず諦《あきら》めの悪い性格だ。

「おはよう、不破くん。今回も一位、すごいねえ。おめでとう」

ごった返す生徒をかき分けてやって来たのは、二年G組、俺の担任である、鹿内《しかうち》先生だ。物理を教えている。

「しかし不破くん、あの五点、惜《お》しかったね…。実は僕のテストなんだけどね…。今度から名前、ちゃんと書いてよ」

鹿内先生が、ポンッと俺の肩を叩く。

ざあっと冷水を頭から浴びせられたようであった。

お…俺…自分の名前を書き忘れたんだ…そ…それで…五点も…引かれた…。

バカだ…。俺は大バカだ。

「厳しいようだけどね、不破くん、これが本番の受験だったら、不破くんは可哀想だけど無情にも不合格になってしまうんだよ。たかが名前を書き忘れたくらいでね…。だから、今回は敢えて、点を引かせてもらったよ。でも、いいよね。二位との間には、二十点以上も点差が開いているんだから、なんてことはないよね。これは愛の鞭《むち》だからね」

白衣をひるがえし、担任は鼻歌まじりに立ち去ってゆく。

しかし…確かにそうかもしれない。俺は肝心なところを見落としてしまう、まだまだ詰めの甘いところがある。

これは気をつけないといけない…。どんなことで、人生、足を掬《すく》われるかわからない。

「不破、あなたは名前さえ書き忘れてなければ、九百点満点を取っていたのですね。でも、私としては、完璧《かんぺき》を追い求めながらも、つい思いもよらぬミスをしてしまうあなたが、とても好きですよ…ふふふふふ…♥」

花月は熱く語りながら、ある意味なんだか感動している。

いつもの花月だったら、こういう状態の場合、すぐさま俺に抱き付いてしばらく離れないのだが、なんせ今、彼は療養中なので、自分の体を下手《へた》に動かさないように努めている。

早く踊りに復帰したいからだ。

今、無理をして傷口等が開いたら、いけない。

「涼ちゃん、気のせいか、なんか物足りなさそうだね。そろそろなっちゃんのスキンシップが恋しくなってきたんだね…へへっ」

悠里に笑われたが、そんなことはない、と思う。

三人がこうして元気で、学院に通えることは、何よりもありがたい。

俺たちはそれぞれ、余りにも色々なことを背負っているので。

こういう風にごく普通に過ごせる何げない毎日が、どれほど貴重なものなのか——それは俺たちが一番よく知っていた。


心の中ではもうすっかり梅雨が明けた気分だ。


しかし、ふと横を見ると…。

同じクラスの森下葉《もりしたよう》が順位表を見つめ、がっくりと肩を落としていた。

その余りにも深刻な表情に、俺は声をかけずにはいられなくなる。

「おはよ、森下…。どうした…大丈夫《だいじょうぶ》か…？」

クラス・メートはしばらく、自分が声をかけられているのにも気づかないほど考えこんでいた。

今、初めて気づいたが、彼の端正な顔はどことなく日本人離れしている。

「森下…？」

「えっ、あっ、ふ、不破くんっ。ごめんっ、気づかなかった」

その深刻な表情は一瞬にして消え去り、いつもの穏やかな笑顔に戻っていた。

「実は順位が…またひとつ下がっちゃって…ちょっとまずいなって思って」

とは言え、森下はかなりできる生徒だ。

学年十番…いや、五番以内にいつも位置しているはずだが…。確か入試では、トップ3に入っていたはずだ。

改めて順位表を眺《なが》めてみると、6位　森下葉（846）と、ある。

相当立派な結果だと思うが…。何を落ち込むことがあるのだろう。

「不破くんは相変わらず、すごいね…いったいどうしたら、そんなに出来るんだろう」

言いながら、また深くため息をついていた。

「本当に僕、困ったな…これは、期末で相当頑張らないとだめだな…」

まさか…森下も俺同様、真剣に奨学金を必要としている一人なのだろうか…。

俺は今まで、自分のことばかり考えていたが、確かに俺以外にも必死に奨学金を目指している生徒がいたっておかしくない。こんな景気の悪い、世の中なんだ。

「ま、いいや…期末で挽回《ばんかい》しよう…それでだめだったら、その時はその時のことだな…」

俺が複雑な表情をしていることに気づいたのか、森下はハッとして。

「ごめん、不破くん、心配しないで。試験の結果が何だっていうんだよな、命取られるわけじゃなし。次、頑張ればいいことだもんな」

森下はその澄みきった、気のせいか少しだけコバルト色の光を放つ、それはそれは美しい瞳《ひとみ》で笑った。

*

「ほおー、涼は本当に賢《かしこ》いね。お父さん、鼻が高いよ。涼は私に似《に》たのかもしれないね」

にこにこしながら、俺の中間テストの結果表を眺めているのは、銀座《ぎんざ》の画廊のオーナーの、田崎《たさき》社長だ。

還暦《かんれき》はもうとうに過ぎているが、モダンで、若々しくて、仕事熱心な人だ。

俺はこの人のことをお父さんと呼んでいるが、もちろん本当の父親ではない。

私生児だった俺には、生まれた時から父親の存在がない。その人が今、生きているのか、そうでないのかもわからない。

母はそういうことを一切隠して、逝《い》ってしまったからだ。

きっと言うに言えない事情があったのだろう。

今は天涯孤独の俺だが、この田崎社長とは不思議な縁《えん》で知り合った。田崎さんは、最初は俺の働く会員制の高級ナイト・クラブに来て下さる、お客様の一人だった。

そして俺は、高校生で亡くなった田崎さんの息子さんに瓜《うり》二つだったらしく（実際写真を見せてもらったことがあるが、本当にそっくりだった）、お父さんは出会った時から、俺にずっとよくしてくれた。

こんな素性もよくわからない俺に、一度、養子にならないかとまで言って下さったのだ。田崎さん自身も奥さんに先立たれ、一人ぼっちだったので。

しかし俺は、不破という、こんなちっぽけな名前が捨てられないで、その過分な申し出を断《ことわ》ってしまったが、今でも田崎さんは俺のことを実の息子のように、可愛《かわい》がってくれる。

俺にとっても、田崎さんは本当のお父さんみたいな人だった。

だから俺はこうしてしょっちゅう、お父さんの画廊を訪ねたり、自宅に遊びに行ったりしている。お父さんの顔を見ると、とにかくほっとするのだ。

ずっと元気で――俺の大切なお父さんでいてほしいと思う。

「そうだ、涼、実はお父さん、前々からずっと考えていたんだけどね、英会話学校に通わないか？　と、言うのは、ちょうど先週、うちのこのビルの七階に英会話学校が開校してね…。どうせ涼はこうやって、お父さんにちょくちょく会いに来てくれるんだから、ついでにレッスンを受けて帰ったらどうだろう」

　三階の画廊にいるお父さんは、人差し指を上階に向けてそう言った。

　俺が…英会話…？　いや、俺は確かに、英語や英会話は、趣味としてかなり好きだが。

　そんな余裕は…。

「あの、でもお父さん、七階は…確か、毛皮かなんかの店じゃなかったですか…？」

「いや、もう今時分は、動物愛護団体もうるさいし、毛皮も流行《はや》らなくなったらしくてね、しかも暖冬、それに加えてこの不況だろ、とうとうお店を畳《たた》んでしまったんだよ。そしたら一月《ひとつき》も経《た》たないうちに、英会話学校が入ったんだ。ほら、よくテレビで宣伝している、あの『NAIS《ナイス》』だよ。涼も知ってるだろ？」

　NAISって…確か、New American International Schoolとかいう名称の略だったと思う。

　関東一円あちこちに教室を開いていて、語学学校としては、かなり評判がいいが、確かべらぼうに授業料が高いはずだ。

　まあ概して、英会話学校はどこでも授業料が高いが。

「涼は英語が好きだったよね…」

「え…ええ…好きですけど…」

「学校の英会話の授業も楽しいって言ってたよね…」

「あ…はい…楽しいです…」

「今、学校の英会話の授業は、週に、二回だっけ？　でも、毎日あっても飽《あ》きないって、確かそんなことも言ってたよね」

「え…ええ…」

「じゃあ、上でレッスンを受けたらいい。そうしたら、涼はお父さんのところにもっとしょっちゅう顔を見せてくれるだろう？　授業なんて、一回一時間くらいのことだよ」

お父さん…これはもうひょっとして、気持ちが入学手続きに入っているな…。

俺はまたいつものパターンで、お父さんに散財《さんざい》をかけさせようとしている。

「だっ、だめですっ。俺、お父さんのところには、もっと頻繁《ひんぱん》に会いに来ますからっ。だって、英会話学校は授業料が高いんです」

「涼、子供がお金のことなんて心配しなくていいんだよ。それより、若いうちにもっともっと勉強しておかないとだめだよ。特に語学はそうだ。それに涼は、今年こそ秀麗アメリカ校のサマー・スクールに参加するんじゃなかったのか？　そしたら、尚更、勉強しておかなければならないんだよ。どんなに涼が賢くても、英会話だけは一人では勉強できない。そうじゃないか？」

毎年夏に行われる、秀麗アメリカ校三週間のサマー・スクール。

今年こそ、何とか参加するんだと思って、去年一年必死に貯金をしたのだが、今年の二月、伯父《おじ》の家が事故やら怪我やら、色々と大変なことが重なり、物入りとなり、俺は貯金を全額貸してしまった。

母が亡くなり、小学校五年から中学卒業までの五年間、世話になった伯父の家のことなので、知らぬ顔をするなんてできなかった。

その貸したお金はまだとても返ってきそうにもない。

だからサマー・スクールは来年にしようと思っていた。

今年はどう考えたって…無理だ。

だけどそのことは、まだお父さんには言えない。お金がないと気づかれ、心配をかけてしまう。

「涼は…本当によく出来る子だから…お父さんはできる限りのことをしてあげたいんだよ…。それとも、英会話学校なんて…いやかい？　涼はどこか人見知りのとこがあるからね…」

お父さんは突然しょんぼりしてしまう。

いつまで経っても俺がどこか他人行儀なのが、寂しいのだ。

「そ、そうじゃないです…。ただ…俺には…あまりにも贅沢《ぜいたく》なことだから…そこまでして頂《いただ》くわけにはいきません。それに俺、今まで、塾に通うとか、習い事をするとか…そういうことって経験ないんです…」

だから、とても気後れしてしまう。

「でも涼は、ラジオの英会話講座は好きで欠かさず聴《き》いて、勉強してるんだよね…。ラジオもいいけど、実際の先生を目の前にして、会話の勉強をするのは、また違うよ」

それはわかっている。確かにラジオは一方的だから、時々物足りなく感じてしまう。

でもだめだ。英会話学校だなんて、俺はお坊ちゃんじゃないんだ。三度三度食べるのが精一杯で、奨学金がもらえなくなれば、明日をもわからぬ人生を送るかもしれない人間だ。もうこれ以上、お父さんに甘えてはいけない。贅沢を覚《おぼ》えてはいけない。

それでなくても、もう散々色々とよくしてもらっているのに…。

「涼、何度も言うようだけど、子供がお金のことを心配してはいけないよ。それにね、今はキャンペーン中だから、授業料が30%オフになっているんだよ。しかも、お父さんは同じビルにいるから、レッスン代はもっと勉強してもらえるんだ。涼、そんなに負担に思わなくて大丈夫だよ。お父さんは学校から生徒さんを紹介してくれって頼まれてるんだ。スタッフも先生もいい人たちで、つい、お父さんはうちの息子を連れてきますって、胸張って言ってしまったんだよ」

お父さんは真剣だった。俺の気を軽くしようと必死だ。

だけど…こんなことまで…してもらっちゃ…申し訳…無い…。

千円、二千円の話じゃないんだ。

「涼、お父さんの顔を立てておくれね…。うちの息子は、本当によく出来る頭のいいコなんです、学年でも常に一番で、近くアメリカへの短期留学も考えているんですって、つい自慢しちゃったんだよ…。涼、親バカだと思わないでおくれよ…」

お父さんは頭をかきながら、テレ笑いをしていた。

その顔があまりにも幸せそうで。

なんだか俺は、胸がつまってしまって…。

だって、何度も何度も『うちの息子』って言ってくれるから――。

気がつくと、その数分後、俺はお父さんと一緒に、七階の英会話学校『NAIS』のカウンター席に座っていた。

そしてすぐに、簡単なペーパー・テストを受けさせられ、アメリカ人の先生に面接され、レベルチェックを終えると、もうそこの生徒になっていた。

お父さんは俺がより集中して勉強ができるようにと、一対一のプライベート・レッスンを勧めるが、値段がとにかく高すぎる。一時間九千円近くもするのだ。

そこまで甘えてしまっては心苦し過ぎるので、散々もめたが、一クラス三人までの、セミ・プライベート・レッスンに参加させてもらうということで話がまとまった。

これだったらプライベート・レッスンの三分の一以下の値段ですむ。それに加えて、現在キャンペーン中なので、レッスン料はそこからかなり勉強した値段になってはいるが、それにしたって俺にはものすごい贅沢だ。

はっきり言って、これは別世界の出来事だ。

この気持ちを表現すると、一般人が何かの間違いで、一夜にして社交界にデビューしてしまったような衝撃だろうか…。

だからやはり、自分がここまでしてもらっていいのか、とても悩む。

田崎さんは俺の大好きなお父さんだけど、本当のお父さんではない。

俺はただ、田崎さんの亡くなった息子さんにそっくりなだけだ。

けれどお父さんが余りにも熱心で、一生懸命で、きっと、本当の息子さんにも、こうやって英会話学校に通わせたかったのだろうと思ったら、断るなんてできなくなった。

こんな俺だけど…いつか、お父さんに大きな御恩返しができたらいいと思う。

お父さんにはもっと幸せになってもらいたい。

俺はいつも、そのことを考えている。

だけど…すごく…嬉しかった…。

夢の扉が開いたようだった。

アメリカがすぐそこに見えた気がして。

# 信じる勇気　〜Courage to trust〜

「それで、セミ・プライベート・レッスンだったのに、結局生徒は俺しかいなくて、昨夜《ゆうべ》はマンツーマンでしっかり教えてもらったんだ…。俺、すごく得した気分だ…でも学校としては、儲《もう》からないだろうな…」

昨夜、入学手続きを済ませた後、俺はすぐに第一回目のレッスンを受けることになり、その様子を、翌日逐一《ちくいち》、隣《となり》の席の花月に語っていた。興奮冷めやらぬ状態なのだ。

やはり本物のアメリカ人と一対一でしゃべるのは、すごい勉強になる。

体に電流が走ったようだった。ラジオ講座とは比較にならない感動だった。

「で、昨日の先生は青い目で金髪のまだ若い、ニューヨークの男性だったのですね…。個室でたった二人きりになって、手とか握られませんでしたか？」

―――？！？！？

「花月、お前、何を言ってるんだ…。英会話学校の先生だぞ。そんなことをするわけがないだろ？　個室喫茶じゃあるまいし」

「不破は、個室喫茶に入ったことがあるんですかっ！」

「ばっ、ばかっ。どうしてそういう話になるんだっ。花月は俺のことを何だと思ってるっ。何で俺がそんなところに行くんだよ。俺は普通の喫茶店にだって入らないっ。コーヒーだったら、家でインスタントを飲む。どんなにお金があったって、マクドナルドのホット・コーヒーが俺の贅沢の限界だっ！」

「不破…何もそこまで言わなくても…。でも、私がいけませんでしたね、ごめんなさい…。つい先日の、あの似非《えせ》占《うらな》い師の事件があったもので、私はとにかく心配で…。不破は隙《すき》がないように見えて、どこかぬけたところがあるものですから、私は気が気じゃありません…。もちろんそれが不破の可愛らしいところでもあるのですが…」

ああ…悔しい…また思い出してしまったじゃないか。

あの似非占い師…狩野翠鳳《かのうすいほう》という五十歳代の霊能力者なのだが、先月、俺の働くナイト・クラブに現れ、俺を見るなり、君からは強力なパワーが出ているとか、君は強運の持ち主だとか言って言葉巧《たく》みに近づいてきた。

巷《ちまた》じゃ結構有名な占い師だったので、俺はついそいつを信用し、家まで訪ねてしまい、霊視占いで自分の父親のことを探してもらおうとしたら、薬物を飲まされ襲われてしまった。

もちろん危機一髪で逃げ出したが、あれは最近の俺の人生において、最悪に暗い想い出となってしまった。

その後、ほどなくしてその占い師も薬物ブローカーとして警察に捕まり、一件落着となったが、あれは俺も無防備でいけなかったかもしれない…。あまり簡単に見ず知らずの人を、信用してはいけないのだろう。

しかし、英会話学校の先生がレッスン中に何をするっていうんだ。

俺の心配をするより、花月はまず自分の怪我の具合を心配した方がいいと思う。

「で、涼ちゃん、レッスンは楽しかったですか…？」

「ああ、すごく充実してた…。一時間、すべてフリー・トークで、色々と話したんだ。映画のことや、アメリカの高校生のことや、あ、そうだ、俺は正月に書店くじでロンドン旅行を当てたことを話したんだ。だけどその書店くじっていうのをどう説明していいのかわからなくてさ、いつも行くブック・ショップのラッキー・チケットが当たって、ロンドン・ツアーのスペシャル賞をゲットしたんだって言ったら、すぐにわかってくれた」

あれっ？　花月は急に顔を背《そむ》けると、クスクス笑い出す…。何だよ、俺の話を聞いてくれてたんじゃなかったのか…？　それとも俺の英語がヘンだったのだろうか…。

「それでいいんだよ、不破…。不破は根っからの英語好きだね…。先生、嬉しいよ。でも、今、教科書で勉強しているのは、ブック・ショップのラッキー・チケットの話じゃないよね。不破がロンドン・ツアーをゲットしたのは、よかったけど、そういうことじゃないんだ…」

ハッ…俺としたことが、またやってしまった…。英語のリーダーの黒田《くろだ》先生が、俺の机のすぐ横にしゃがみこんで、悲しそうにじっと俺を見ていた。

「先生、すみませんっ、ごめんなさいっ。俺、つい、うっかりして…」

クラス中、みんな笑いを堪《こら》えているのがわかる…。

黒田先生は俺の一年の時の担任で、俺としてはすごくお世話になったのに、今日は(も?)つい気が緩《ゆる》んでしまい、授業中だというのに、また花月と無駄話をしてしまっていた。

だって、花月はずっと入院していて、このところ話すことがたまっていたから。

いや、そんなことは何の言い訳にもならない。

「不破…今日は、英語に訳せない日本語を勉強してるんだよ。でも、不破は優秀だから、わかるよね…。あのね不破、『今後ともよろしく』って英語でどう言うんだろう…。『つまらないものですが、どうぞお納め下さい』って、わかるか…? 『これがうちの愚妻《ぐさい》です』って、どう言ったらいいんだろうね…。不破なら、知ってると思って、先生さっきから、訊《き》いてるんだけどね…」

今後ともよろしく…? つまらないものですが…? うちの愚妻…? 当然、直訳じゃだめなんだろう。単純な言葉なのによくわからない。根本に文化の違いがある。

俺なんて、昨日初めて、英会話学校のレッスンをマンツーマンで受けて、舞い上がって帰ってきただけのコテコテの日本人なんだ。

「あれ…先生、不破のこと追いつめ過ぎちゃったのかな。不破、何もそんなに落ち込まなくても…。でも不破、放課後は中等部二年の小テストの丸つけ、お願いね。百五十人分…」

あ…ああ…また勤労奉仕の罰《ばつ》を与えられている…。しゃべってた俺が悪いんだけど…。

黒田先生はポンと俺の背中を叩き、立ちあがる。

「じゃあ他に誰か、今僕が言った日本語を、うまいこと英語で言える人はいないかな？」

先生が教壇へ戻ってゆく。そして、俺は自分の不勉強をことさら情けなく思う。

こんなんじゃ、学年一番を取ったってだめだ…。また基礎から勉強し直しだ…。

「じゃあ、不破くんの代わりに、仲良しの悠ちゃんに、答えてもらおうか？」

あっ…俺の代わりに悠里が当てられている。悠里…俺が…悪かった…。

「あっ、えっとえっと、『今後ともよろしく』のよろしくっていうのは、結局助けてくれ、手伝ってくれ、っていうお願いの意味だと思うので、プリーズ　ヘルプ　ミーで、今後ともっていうのは、今からずっとっていうことだから、フロム　ナウ　オンだと思います。フロム　ナウが今からで、オンがずっと続いてゆくっていう意味です。これらを全部合体させて、Please help me from now on.です…えっと…ち…違うかな…？」

黒田先生はしばらく爆笑している。

「悠ちゃん、ごめんね。先生、笑ったりして…。そりゃ、悠ちゃんだったら、先生、これからずっと助けてあげたいっていう気持ちもするけど、アメリカ人にそれを言ったら、嫌われちゃうよ。特にオンの『ずっと』っていうところが、いやーなカンジがするね…」

「えっ！　じゃ、じゃあ、これはどうですっ。Please continue to help me.フロム　ナウオンと言わないで、継続する、という意味のコンティニューを使ってみましたっ。先生、どうでしょう、お願いっ、僕のこと嫌いになんないでっ、頑張るからっ」

とうとうクラス中、ゲラゲラ笑いだした。

「悠ちゃん、それでも、言ってることは同じだよ…。結局『ずっと助けてね』ってことだから、人と人が常に対等であろうとするアメリカ人はかなり重たく感じるだろうね…」

あっ…悠里…あんなに肩を落としてしまって…可哀想に…。

「他にわかる人はいないかな…あ、じゃあ、森下に訊いてみよう。どうだ？」

森下は英会話が得意だ。発音も綺麗《きれい》で、よくうちの学校のアメリカ人の先生に褒《ほ》められている。

「えっと、僕もよくわかりませんが、アメリカ人はたぶん『よろしく』だなんて言って、人に頼らないと思います…。物を贈る時も、『つまらないものですが』とは、言わないでしょう。だって、つまらないものだったら、人に贈ってはいけないからです。それと『愚妻』。もし、アメリカ人の奥さんに向かって、夫が愚妻だなんて言って紹介したら、その場で離婚だと思います」

黒田先生が森下に向かってにっこりと笑った。

「その通り。よくわかってるね。じゃあ、これはみんなへの宿題にしようか。今の三つの表現をもっとも英語らしい言い方にしてくるように。直訳はだめだよ。文化を踏まえた上でね。意訳でいいから、何とか英語に直してきてみて」

最前列にいる悠里がちょっと顔を赤らめると、四時間目終了のチャイムが鳴っていた。

＊

「ああ、何かすっごく恥ずかしかった。僕、小さい時から英会話学校に通わせてもらってるってのに、ホント、だめだね…」

昼休み、教室の片隅で、弁当のおかずであるミニ・ハンバーグを箸《はし》で切り分けながら、悠里が呟《つぶや》いている。

「そんなことはありませんよ。私どもはまだ高校生ですし、海外に住んだ経験もないのですから、わからなくて当然です。それにしたって悠里のあれはよくできた直訳ですよ。文法的には何ら問題はありませんでしたから、ベツにあれでいいじゃないですか」

花月は悠里をなだめながら、俺の弁当の中の卵焼きをかっさらっていた（この頃、俺は、自分で弁当を作ってくるようになった。大変だが経済的だ）。

「そおやで、悠ちゃん、あそこまで言えれば、充分や。僕だってきっと、同じような言い方しかせえへんかったと思う」

俺らのお昼の輪に加わっているのは、京都出身の桂木蒼《かつらぎあおい》だ。去年も同じクラスの元一Aの仲間だ。

「悠ちゃんはまだずっといいよ。俺なんて、『愚妻』っていう日本語の意味すらわかんなかったんだ…。何かの野菜の種類のことだと思って疑わなかった。ああ…俺、英語って苦手…あ、日本語もダメ…もうアフリカでも行っちゃおっかな…」

やはり一年の時、同じクラスだった、陸上部のエース速水真雄《はやみまお》が、俺の隣でサンドイッチを食べていた。この頃は、インターハイに向けて、頑張っている。

「あのさあ、葉ちゃん、さっきの宿題だけど、『今後ともよろしく』って、結局どう言ったらいいの？」

俺らからちょっと離れたところで、一人黙々と昼飯を食べている森下葉に、悠里が声をかけていた。しかし森下は、机の上に何やらノートを広げ、真剣にそれを見ながら弁当を食べているので、なかなか悠里の問いかけに気づかない。

森下は大抵いつもそうだった。常に寸暇《すんか》を惜しんで、必死に勉強している。

しかし不思議だ。実は、俺らのいるこの学年最後尾にある二Gは——非常に不名誉なことだが——今年から『問題児更生クラス』という集合体として扱われるようになってしまったのだが、どうして森下みたいに勤勉で真面目《まじめ》で成績も優秀な生徒が、ここにいるのだろう。

ところでこの問題児とは単純に、一年の時に、出席日数不足、遅刻、赤点、停学処分、あるいはその他、何らかの騒動等を起こした生徒のことを指す。

俺の場合は、一年の三学期に出版社の男に無理やりスカウトされ、半ば脅迫を受けながらファッション誌のモデルをやるはめになり、それが学院にバレ、大騒動になってしまったことだった。あの時俺は、退学寸前まで追い込まれ、学院長にかなり絞られた。ついでに花月や悠里、その他のクラスメートまで、俺を庇《かば》ったせいで二G送りが決定してしまった。本当にみんなには申し訳無いことをしたと思う。

学院はとにかく、生徒のバイトを許してくれない。

それに加えて、独《ひと》り暮《ぐ》らしも許してはいない。

ゆえに俺は、伯父に口裏を合わせてもらって、現在も伯父の家に住まわせてもらっていることになっている。しかし独り暮らしがバレたらどうしようと、いつも冷や冷やしながら暮らしている。こういうのは非常に体に悪い。

しかし…森下はどうして、二Gに来てしまったのだろう。きちんと登校しているし、遅刻はまずないし、赤点はありえないし、停学になるような悪いことをしたとも思えない。

まあ別に二Gが問題児クラスと言っても、性格的にはみんないい奴ばかりで、俺自身はこのクラスが気に入っているから、かまわないけど…。

昨日《きのう》の森下の、中間テストの結果表を見つめるあの呆然とした顔を見てしまったから、少し、気になってしまうのかもしれない。

「葉ちゃん…ね、教えて…あのさ、『今後ともよろしく』ってどう言ったらいいの？　僕、どうしても気になっちゃって、今晩、眠れそうもないんだ」

悠里は箸を持ったまま立ち上がり、森下の机の前まで行き、再び問いかけていた。

ようやく森下も悠里の存在に気がつく。

「あっ、ごめんね、悠ちゃん。えっ、何？」

パッと自分のノートから目を外した。

「だから、『今後ともよろしく』ってどう言ったらいいの？」

悠里も結構真剣だ。

「う〜ん、僕もよくわからないけど、それってすごく漠然とした日本独特の言い方だし、その時々によって表し方が違ってくると思うよ。例えばクリスマス・カードか何かに書く時の『今後ともよろしく』っていうのは、グッド・ラックでいいと思うし…。初対面の人と暇乞《いとまご》いの挨拶《あいさつ》をする意味で『今後ともよろしく』って言うのなら“It was nice meeting you”（お会いできてよかったです）みたいな表現しかないと思うんだ…」

ふーん、なるほど、そうなのか…。勉強になる…。

俺は悠里と森下の会話を頭の中にしっかりメモっていた。

＊

「It was nice meeting you !」

その――つい先日聞いたばかりのフレーズが、いきなり俺の耳に響いてきた。

三日後の放課後――金曜日。

銀座の英会話学校において。

俺が『NAIS』での二回目のレッスンを終え、セミ・プライベート用の個室を後にした時のことだった。

そこの廊下で見つけたのは、秀麗の制服を着たクラス・メートの生き生きした姿である。

なんと――森下葉だった。

森下は無邪気《むじゃき》な顔で、ああ楽しかった、幸せ、といった非常に満足げな表情で、NAISのグループ・レッスン室から出て来たのだ。

こんな子供みたいに明るい彼の顔を見るのは、初めてのことだった。

「えっ！　あっ、あれっ、な、なんで、不破くんが、ここにいるのっ！」

声をかけるまでもなく、森下もすぐ俺に気がつき、駆け寄って来た。

「森下も…ここの生徒なのか？」

やはり彼みたいに英会話ができる人間は、学校以外の場所でも人知れず努力をしているということがわかった。田崎のお父さんが言ったように、確かに英会話だけは、家で一人でコツコツと勉強して上達するものではない。俺は本当にお父さんに感謝しないといけない。

「ちっ、違うんだ、不破くん。実は僕、この学校、今日が初めてなんだ。つい二、三日前、この近くを歩いていたら、ポケット・ティッシュをもらって…。そしたらその中に、グループ・レッスンのフリー・チケットが五枚綴《つづ》りで入ってたから、試しに今日そのレッスンを受けさせてもらっただけなんだ」

　フリー・チケットって…そうか、五回も無料で授業が受けられるのか。

　ここは開校して間もないから、客寄せの大キャンペーンを展開しているんだな…。できれば俺もそのチケットが欲しかった…。

「それでさ不破くん、今月中なら入学金二万円はタダ。しかも十回分ひと綴りのグループ・レッスン・チケットが、通常一万三千円のところ、今ならそれにさらに二回分のレッスンをプラスしてくれて、四千八百円でいいんだって。一回、四百円で授業が受けられるんだよ、知ってた？　僕、二綴りくらい、チケット買おうと思ってるんだ」

　学校ではわりとおとなしい森下が、妙に熱く語ってくれる。

「四百円ってすごいな…それって、めちゃくちゃ安いよな？」

　こういう経済的なことに関しては、つい敏感に反応してしまう俺である。

「しかも不破くん、この銀座校は開校して間もないから、今日のグループ・レッスン、何と、僕とサラリーマンのお兄さんと女子大生の三人しかいなかったんだよ。まるで、プライベート・レッスン並の待遇だったよ」

あれ…なんか…何だろう…。森下はどこか俺と似たような感性を持っているような気がする…。

「あっ…でも不破くんは、無料レッスンで来たんじゃ…ない…よ…ね…？」

森下は急に真っ赤になってしまう。

「え…いや…えっと…俺も…その…実は…今はキャンペーン中だから…レッスンを受けに来ているんだ…」

どうしてもつい歯切れの悪い説明に走ってしまう。

「レッスンって、不破くんも、グループ・レッスンなの？」

森下の目は独特だ。ヘーゼルナッツ色の瞳が時折、気のせいかコバルト・ブルーに光る。それは端正な顔立ちの彼に、とてもよく似合っている色だ。

「えっと、あの…俺は三人までのクラスのセミ・プライベート・レッスンを受けているんだ。今だったら、かなり勉強した値段になっていて…」

ああ…こういうことって何か言いにくい…。だって、自分のお金で通っているわけじゃないんだ。田崎のお父さんの好意に甘えてしまっているだけだ。

本当の俺はめちゃくちゃ貧乏で、英会話学校どころじゃなくって、実は今森下が言った、一回四百円のグループ・レッスンのチケットでさえ、たぶん躊躇《ちゅうちょ》して買えない部類の人間なのだ。

「そっかぁ…やはり不破くんは、そうだよなあ…家柄いいって聞いてるもんなあ…。すごいなあ、セミ・プライベート・レッスンかぁ…夢みたいな話だよなあ…」

森下はしばらく呆然と佇《たたず》んでしまう。

俺としては段々、居たたまれなくなってしまう。

「いや、森下、違うんだ。俺、別に家柄なんてよくないよ、本当はすごく貧乏だし、英会話なんて勉強するのは秀麗に入って初めてだから、発音とかリスニングとか苦手で…。だから今回はちょっと無理して、セミ・プライベート・レッスンにしたんだ。だってグループ・レッスンだと、みんなの足を引っ張るといけないと思って。それにほら、今、大キャンペーン中だから、セミ・プライベート・レッスンもかなり勉強した値段になってるんだ。一時間、えっと、二千円ちょっとかな…と言っても、俺にはすごく高い値段だけど…」

なんだか俺は、どうでもいいことを必死に説明していた。

「何言ってるんだよ、不破くんが貧乏だなんて…。でもそっか…セミ・プライベートも今なら二千円ちょっとで受けられるんだ…それなら確かに高くはないけど…」

「いや、俺、本当に裕福じゃないんだ。でもどうしても英会話が勉強したくて。あのさ、俺、実は今日のレッスン、二回目なんだけど、前回も今回も生徒は俺だけだったんだ。これだと実質プライベート・レッスンみたいなものだと思わないか？　なんかすごく得した気分なんだ」

俺も一応、経済観念が発達していることをアピールする。金持ちでもないのに、金持ちと思われるのは嫌だ。

「へーえ、すごいなあ、二千円ちょっとで、一対一のレッスンが受けられたのか。やっぱり、開校したてっていうのは狙《ねら》い目かもしれないね」

森下の目がきらきらと輝き出す。

彼は本当に英会話が好きなんだな…。もしかして俺以上かもしれない。

「実はさ、不破くん、本当のことを言うと、僕、いつも英会話学校のキャンペーン時期ばかりを狙ってるんだ。小まめに新聞とかタウン誌とかカルチャー・センターの情報をチェックして、どこかで英会話のフリー・レッスンを行っているとか、今なら授業料が半額、とか知ると、いの一番に駆けつけちゃうんだ。『NAIS』が銀座校を開校したことをラジオで聞いて、これはちょっと行ってみる価値があるなと思って来てみたら、案の定フリー・レッスン・チケット入りのティッシュを配ってた」

こ…これは…すごい…森下はなかなか根性がある…。

「あっ、僕、何をこんなケチくさいことを言ってるんだろう…。不破くん、驚いちゃっただろ?」

「えっ、そ、そんなことはないよ。それでいいと思うよ。俺、なんか目から鱗《うろこ》が落ちたよ。だって、今、こういう世の中だもんな。俺も見習わないといけないと思う…。そういう情報、今度から教えてくれるか？」

「何言ってるんだよ、不破くんみたいな、お坊ちゃんが…。あ、そうだ不破くん、お願いだから、僕がこのフリー・レッスンに通ってることは、学校のみんなには内緒にしてくれる？　だってなんか、カッコ悪いだろ…。秀麗って、裕福な家庭のコが多いから…」

胸がずきずきしてくる。

俺だって、全然裕福じゃないんだ。どうやってそのことを森下にわかってもらおう。だけど、それを説明するとなると、俺は色々なことを話さなければならなくなる。

独り暮らしのこと、奨学金がなければ、とても秀麗になんて通えないこと。会員制のナイト・クラブで働いていること。実はこの後もすぐ、仕事に出かけるところだ。

だけど自分の秘密を話すことは、とても危険だ。森下がそれらを人に言うような人間でないと知っていても、俺はどうしても事実を話すことができない。

こんな嘘《うそ》で固めた自分の生活が、時々本当に嫌になる。

だって家族のいない俺が、独り暮らしをしなければいけないのも、働かなければならないのも、しようのないことなのに。どうして学院はそれを認めてくれないのだろう。

真実を友達に話せないのが、一番辛い。

「あっ、いっけない…不破くん、僕、今からバイトなんだ。行かなくちゃ」

森下は腕時計を見ると、急に慌てだした。

えっ？　い、今…森下、確か、バイトって言ったよな…？

そんなこと俺に言っていいのか？

「せっかく不破くんに会えたのに…残念。それに僕、さっき、銀座駅出たところで、ポテトとチキンのフリー・チケットもらったんだ。一緒に食べに行ければよかったんだけど。あ、じゃあ、これ不破くんにも一枚あげるね。全国すべての『ニコニコ・バーガー』で使えるから」

ポケットから取り出したそのサービス券を、同級生は俺の手のひらに乗せてくれた。

『ニコニコ・バーガー』——全国にそのチェーン店を展開しているファースト・フード・ショップである。森下のくれたそのチケットには、フライド・ポテト、フライド・チキン、今ならお試しプレゼント中と書かれてある。

どうしてここまでしてくれるんだろう…。

そして俺のことを、とても信用している。

俺はまた、自分のことが、嫌になる。

本当のことを何ひとつ言えない自分が、とても卑怯《ひきょう》な気がする。

森下の素直さ正直さがとても羨《うらや》ましかった。

# カリフォルニア色の夏
## 〜Summer colored in California〜

「あ、いいよいいよ、花月、それ、俺が持つから」

翌日、土曜日の放課後——。

花月と悠里を伴って、学院から二駅離れた自分のアパートへと向かう途中、俺は早速、昨日森下にもらった『ニコニコ・バーガー』のお試しチケットを使っていた。『ニコニコ・バーガー』チェーンは俺の町にもあるのだ。

しかしいくらなんでも、お試し分のチキンとポテトだけをもらって帰るのは余りにも忍びないので、現金を払い、更に二人分を追加して買った。

その三人分のお昼の入ったファースト・フードの袋を、俺は花月から取り上げる。

かっきり三週間前、瀕死《ひんし》の重傷を負い、ようやく元気になりつつある人に、荷物を持たせるわけにはいかない。

花月がこうして学校に戻って来ていること自体、奇跡としか考えられないことなのだ。

悠里は悠里で、花月の鞄《かばん》を持ってあげている。

「私は幸せものですね…こんなにみんなに優しくして頂いて…。でも、これでは私、体が鈍《なま》ってしまうのでは、と心配ですよ…」

でも、その顔はとても嬉しそうだった。

そんな花月の様子を見て、俺も改めてほっとする。こんなに早く回復して、また一緒にいられるようになっただなんて、本当によかった。

だって花月はあの時もう、命の火が消えかかっていたのだ。『藤娘』を踊るはずだった舞台の前日、予行演習の際、突然、花月の祖父である宗家の上に照明用のライトが落ちてきた。

花月は咄嗟に宗家を庇い、その落下してくるライトの犠牲になった。

ご宗家は怪我ひとつしなかった。

人間国宝である花月流の宗家、花月天山《てんざん》は、今年七十三歳。

医者が後に言っていたが、もし高齢の宗家があの事故に遭《あ》っていたら、命はまずなかっただろうという。それほどにひどい事故だったのだ。ライトのガラスは鋭利で、それは花月の肩、腕、背中に容赦なく突き刺さった。頭に当たらなかったことだけが、不幸中の幸いだった。

しかし、花月は日本人には極めて少ないＡＢ型の血液の持ち主だったので、手術の途中、輸血用血液が足りなくなり、緊急の事態を迎えてしまった。

それまで俺は知らなかったが、実は花月は花月家の養子で、父親である家元とも、あの優しいお母さんとも血が繋《つな》がっておらず、二人のどちらもＡＢ型の血液を持っていなかったのだ。そして、俺も悠里もAB型じゃない。

ところが——本当に運よく、ご宗家がたまたま、偶然、AB型の血液で——花月はぎりぎりのところで一命を取り留めた。命を救った人に、命を救われた——。

だから今、花月には花月家の本流である、あの偉大なる宗家の血が流れている。

これは花月にとって、ものすごい意味のあることとなった。なぜなら花月は、花月家と自分の血が繋がっていないことに、小さい頃からずっと寂しい思いをしていたからだ。

しかもその祖父であるはずの宗家が、ずっと花月をよそ者扱いしていた。

もちろん輸血で血縁になれるわけでもないのだが、心の問題として、宗家から血を分けてもらったということは、花月にとっては光の差すような出来事になった。

花月というのは、そういう内的な問題——例えば、迷い、不安、孤独感などを、誰にも話さない、絶対に気取《けど》られないようにする。

だから、ずっと、俺は花月のことを何の問題もなく幸せに育った、良家のお坊ちゃんであると疑わなかった。

もちろん花月の養父母は、誰よりも花月のことを愛している。だけど踊りの世界に生きる人間にとって、血というものはとても大きな意味を持つ。

きっと花月はいつも心のどこかで不安を抱えていたに違いない。だからいつだって、人一倍稽古《けいこ》に励んで頑張っていた。

今回、花月の事故をきっかけに、花月の家の色々な事実を知り、花月が妙に大人びている意味もわかったような気がした。

これからはもっと、できる限り…気を配ってやりたいと思う。

じゃないと俺は、時々——花月の心を見失ってしまうのだ。

「あのね、なっちゃん。こういう時はチャンスだよ。こういうちょっと体の弱ってる時くらいしか、涼ちゃんには甘えられないんだから、今のうちにバンバン我儘《わがまま》言って、バンバン涼ちゃんに尽《つ》くしてもらったらいいよ。僕も何でもするから、遠慮なく言って」

悠里は真っ茶色の髪をふわふわさせながら、歩行者道路をスキップしている。

悠里も花月が元気になって戻って来て、嬉しいのだ。

何だかんだと、やはり三人でいる時が一番楽しい。

「それでは…悠里…実は…私…折り入ってお願いがあるのですが…」

品のいい綺麗な横顔で、花月が躊躇《ためら》いがちに呟いていた。商店街の入り口で、その足取りもパタッと止まってしまう。

「なに、なっちゃん、何でも言って…？　こんな僕でできることなら、どんなことだってするよ」

「でも…やはり…こんなこと…」

花月はぎゅっと唇を噛《か》み締めてしまう。思い詰めた表情だ。

いったいどういうことなのだろう…。俺はなんだか心配になる。

「ね、なっちゃん、遠慮しないで言ってみて？　いつものなっちゃんらしくないよ。どうしたの、何かお願いがあるんだよね？」

悠里が花月の背中を優しくさすっている。

すると花月は急に不敵《ふてき》な笑みを浮かべて…。

「それではざっくり端的に言っちゃいますが、悠里の秘蔵アルバムの中にある、小学校五年の時の不破が、運動会のリレーのアンカーでビリからごぼう抜きで追い上げ、テープを一番で切った瞬間の写真と、小学校六年の卒業式で不破が答辞を読んだ時の凛々《りり》しいお姿。加えて、中一の遠足の帰りのバスの中、不破がうとうとお昼寝をしているショット。中二の林間学校で磐梯山《ばんだいさん》に登った時、その麓《ふもと》のキャンプ場で飯盒《はんごう》の米を研《と》いでいる不破。ついでにカレーをみんなの皿に盛り分けている不破。アーンド中三の文化祭で、英語劇『シンデレラ』で王子になった不破。最後に同じく中三、生徒会長の不破が講堂で演説しているシリアス・バージョン。計七枚…お願いします」
○×△□☆………。
「な、な、な…なっちゃん…お…お願い…します、って――」

「下さい」

悠里の顔にみるみる生気がなくなる。

「う…う…うん…う…い…いいよ…。そ…そうだよね…な、なっちゃん、もう少しで、死んじゃうかもしれなかったんだもんね…。その…なっちゃんに…お願い…され…たら…僕も…聞かない…わけには…いかない…よ…。で、でも…あれって…ね…ネガ…ないんだ…。学校で…売ってた…ヤツだから…。だから…なっちゃんに…あげ…たら…なっちゃんに…あげ…たら…僕の…えっと…僕の…僕の…」

悠里…大丈夫か…？　すっかり気持ちが迷宮入りしている…。

え？　しかしどうして、俺でさえ持ってない写真を悠里がそんなに持っているんだ…。いや、そんなことより、なんで花月がそんな写真を欲しがるっ。

あっ。悠里が両手から自分と花月の鞄をボトボト落としている。

歩道に落ちたその二人の鞄を、俺は慌てて拾う。

こういう時、俺はもうこの人たちには関わらないことにする。

できれば早く、この状況が好転してくれることを祈るだけだ。

「悠里…この花月、病み上がりにしては、ちょっと冗談《じょうだん》がキツ過ぎましたか…」

「えっ、なっちゃん、今の全部冗談にしてくれるのっ？」

悠里の顔にみるみる生気が戻っていく。

「でも、私としては、せっかくあれだけ立て板に水のごとくしゃべったのに、その一枚も貰えないっていうのも残念です…。もし、よろしかったら、あの中二の時のキャンプで、みんなにカレーを盛りわけている不破のエプロン姿だけでいいから頂けませんか…快気祝いに、是非♥」

「なっちゃん…さすがだね。目のつけどころが違うよ。実はあの一枚は、うちの中学でも、お宝映像として超高値がついた一枚なんだよ。僕はあれを正規の値段の三十円で買ったけど、卒業時にはそれ、校内外で三千円の闇《やみ》価格がついてたんだ」

なんだその法外な値段は…そんなこと俺は知らなかったぞ…。

「そ…そうですか…それではそんなすごいものをタダで頂くわけにはいきませんね。わかりました、こうしましょう。私が幼稚園の時に先生に撮《と》ってもらった、不破とのツー・ショット写真と交換っていうのはどうでしょう…。これはもう国宝級の眩《まぶ》しさですよ。唐招提寺《とうしょうだいじ》の千手観音《せんじゅかんのん》か、あるいはご幼少のみぎりの涼さまかっていうカンジです」

ああ…俺…もうなんだか今、すっごく一人になりたい。あるいは、単語帳か文庫本か、何か自分の世界に浸《ひた》れるものを持ってきていればよかった…。

花月…お前、少し退院が早すぎたな…。

そして偶然にしたって、どうして俺は、花月と同じ幼稚園に一年も通ってしまったのだろう。俺の人生は、きっとこれからも運命に翻弄《ほんろう》されるのだろう…。

「あっ、なっちゃん、涼ちゃんの白目があんなに青くなってるよ！　これはそうとうな憤《いきどお》りとストレスを感じてるっていうサインだよっ！」

悠里…遅いよ…遅すぎる…気づくのが…遅…い…。

「不破っ、私が悪かったですっ。Are you OK？（大丈夫ですか？）」

えっ？　なぜ英語なんだ？

「あっ、イ…Yes, no problem. Don't worry. I'm OK.（ええ、問題ないです。心配しないで下さい。大丈夫です）」

し…しまった、つい英語で訊かれると、つい英語で反応してしまう体になっている。

それを花月は見抜いていたんだ…。そうやって何もかもごまかそうとしている。

このところ俺が英会話学校に燃えているのを知っているから…それをうまいこと利用したんだ…。なんて侮《あなど》れない奴なんだ…さすがに生死の境を彷徨《さまよ》って甦《よみがえ》ってきた人間は違う。

いや、そういうことじゃないっ。

「ああ、やっぱり涼ちゃんはいいですね、素直で、真っすぐで、何かに一生懸命になると、もうそれしか見えない考えられないってところが、貴重ですっ」

ぎゅうー。

しまった！　怪我人だと思って油断していたら、俺はまた例のごとく花月に抱きつかれてしまっていた。こんな人通りの激しい往来で。

そしてどうして花月は、純日本式美徳の世界に生きる代表みたいな人間なのに、突然こういう、日本人にはあるまじき過度な感情表現に身を委《ゆだ》ねたりするんだっ。

し…かも…ぜんぜん…体力が…落ちてない…。ものすごいバカ力で俺を締めつけている…。

それどころか、以前よりヘンなパワーが倍加している。

身動き…取れやしない…。

「何やってんの、なっちゃん！　いくら久しぶりのスキンシップだからって、公共の場で、したい放題っていうのは、この世のモラルから逸脱《いつだつ》してるよっ！」

悠里はすぐに、俺を花月から引き離そうと躍起になる。

「いやですっ。この花月、ようやくここまで回復したんです。体中の抜糸《ばっし》だってすべて済んでます。造血剤だって毎日飲んで、今やもう実は超絶最高潮に力が甦っているんですっ！」

ああ…何か…違う…道行く人が、クスクス笑って通り過ぎてゆくじゃないか…。

「涼！　なっちゃん！　それに悠ちゃん！　どうしたの、こんな大通りで。相変わらず仲がいいんだね」

いきなりどこかから、俺を助けてくれそうな天の声が聞こえてきた。

秀麗学院の二年先輩、元ＥＳＳ（英会話部）の部長、烏丸来夏《からすまらいか》さんだ。

金髪、碧眼《へきがん》、すらりとした肢体に北欧の血を持つ優しい先輩が、俺らの前に現れていた。

ようやくしぶしぶ花月が俺を解放する。悠里はそんな花月を睨《にら》んでいる。

クスクス笑っている来夏さんは、百パーセント、スウェーデンの血が流れているのだが、生まれも育ちも日本だ。生まれる前に、スウェーデンで父親が事故で亡くなっていて、身重《みおも》のお母さんはその後、日本人と再婚し東京にやって来たが、残念なことにそのお母さんも数年前、病気で亡くなってしまっていた。

今は、その日本人のお父さんと二人、仲良く暮らしている。

その来夏さんの家は、駅を挟んだ向こう側にある。俺のアパートとは逆方面だ。

来夏さんは俺が独り暮らしをしていることを知っているが、もちろん秘密にしてくれている。そしてたまにフラリと、俺のアパートに遊びに来てくれる。

「商店街を抜けたら、懐かしい秀麗の制服軍団がいるから、誰だろうと思って見てたんだ。まさか、涼たちだとは思わなかったよ」

北欧人の来夏さんは、相変わらず透き通るように綺麗《きれい》だ。

混じりっけのない金髪も本当に美しくて、それはかなり人目を引いてしまう。

「来夏さん、お久し振りです。大学、いかがですか？」

俺ら三人は同時に頭を下げる。なんたって大先輩だ。

秀麗を卒業された来夏さんは、現在、国際東京大学《トキオインテルナシオナル》の外国語学部英語学科に進んでいる。

国際東京大学とは、政府と民間が共同出資、経営する、日本では唯一の半官半民の総合大学だ。イギリスの大学をひな型に作ったらしいが、今、日本で一番話題になっている、超革新的な学校だ。

「うちの大学は、少人数制だから出席とか厳しくて…。授業も一クラスせいぜい二十人までだから、教授は学生の顔と名前をしっかり覚えてる…。だから、気が抜けないんだ。予習・復習をきちんとしていかないと、授業なんてとても追いついていけない…。秀麗時代よりさらにキツいよ…」

と、言いながら、それはとても充実している表情だった。

「で、涼、今年はグレイス校…行くんだよね…？　大使になるための選抜試験、受けるよね？　去年は僕がその権利を譲《ゆず》ってもらっちゃったから、今年こそ是非、涼には向こうに行ってもらいたいと思って。でも、大丈夫だよね、涼は優秀だから」

その瞬間、俺は慌てふためいてしまう。

グレイス校――。何度夢に見たことだろう。

カリフォルニアはサン・フランシスコにある、秀麗学院の兄弟校。

アメリカでは数少ない私立の男子校で、毎年夏になると、サマー・スクールとして三週間、大勢の秀麗の生徒を受け入れてくれる。

この短期留学にかかる費用は、飛行機代、宿泊代、授業料、近郊への小旅行、交流会、その他もろもろのことをすべて合わせて、約三十五万円になる。

八月というハイ・シーズンにしては、決して高くない値段だというが、みんなにとっての三十五万は、俺にとっての三百五十万くらいの気分にさせてくれる数字だ。

だからとても自費でなんか行けないと思っていたが、実は秀麗は毎年五名だけ、特別友好大使として、生徒をグレイス校に派遣するのだ。その資金はすべて秀麗ＯＢ会から出る。

と、いうことは、こんな俺にも、ひょっとしてアメリカに行けるチャンスが与えられるということだった。もちろんその選抜試験は難しい。英語の読解力、語彙《ごい》力、聴力、会話力、すべてまんべんなくずば抜けて秀《ひい》でてないと無理だ。

ゆえにこの場合、通常、実力のある高三生が選ばれるのだが、身の程知らずの俺は、昨年、そのテストを力試しに受けて、あろうことか異例の合格を果たしてしまった。

しかしそれはただ単に、運のよいことが重なっただけのことだった。決して、実力が伴ったからではない。それはこの俺が一番よくわかっている。

来夏さんは、英語が好きで好きで、大好きで、秀麗中学一年の時から毎年欠かさず、大使になる選抜試験を受け続けて、去年が最後のチャンスだったのに、俺が受かって、来夏さんは落ちてしまった。後でわかったことだが、来夏さんは俺の次点だった。

俺さえ試験を受けていなければ、来夏さんは間違いなく合格していたのだ。

俺はあの時、高二、高三と後二回も選抜試験を受けるチャンスがあったのに、去年がラストだった来夏さんのチャンスをもぎ取ってしまった。

来夏さんは合格した俺に、そんなこと気にしないでいいからねって…、自分は自費で行くから涼は胸を張って大使として行けばいいよって言ってくれて…。

だけど結局、来夏さんは自費では参加しなかった。

血が繋がらないのに、来夏さんを育ててくれている日本人のお父さんに気兼ねして、グレイス校行きを、諦めようとしていたのだ。

後になってわかったことだが、来夏さんの家も、それほど裕福ではなかったのだ。

俺は…だから…あの時、来夏さんに人生最大の嘘を言った…。

俺が独り暮らしなのは、両親が今、転勤でニューヨークにいて、そのニューヨークにいる父親が、体調を崩し、急遽《きゅうきょ》、自分はアメリカに渡らなければならなくなったって…。

こんなとんでもない大嘘をついて、大使の権利を譲った。

俺には、来年も再来年もチャンスがあるから、また選抜試験を受ければいいだけだって、そう言った…。そうしたら、来夏さんもようやく納得してくれて…。

俺の代わりに、グレイス校に行ってくれた。

あのくらいの嘘を言わなければ、この優しい先輩は絶対に、俺の大使の権利など、譲り受けたりしない人だからだ。

俺が親もなく、貧乏であくせく働いて暮らしていて、やっと手に入れたアメリカ行きの切符だと知ったら、来夏さんは絶対に辞退する。

あの時、どんなことがあっても真実は告げられなかった。

俺はそれまで本当に来夏さんにすごく親切にしてもらっていて、第一、こんなに英語が好きになったのも、来夏さんのお陰だった…。

だから、去年の夏、自分のしたことに関して、俺はまったく後悔していない。

あの、とんでもない嘘をついたことも、間違っていなかったと思っている。

ただ、特別友好大使に一度選ばれた人間は、在学中、二度と選ばれないことになっている。

これはOB会との取り決めだ。辞退した人間ももちろん、選ばれることはない。

だから、俺にはもう二度と大使に選ばれるチャンスはない。

あとグレイス校に行ける手立ては、自費で行くことだけだ。

そう思って、去年必死にそのための貯金をしたが、それはもう今、全額伯父に貸してしまって、手元にない。

来夏さんはそれらすべての事実を知らない――。

俺がまた今年選抜試験を受けて、合格すれば、大使としてサマー・スクールに参加できると思っている。

でもどうか、ずっとそう思っててほしい。今頃になって、嘘がばれるのは嫌だ。

嘘はどうせつくなら、死ぬまでつき通すのが、筋だ。

しかし今、この先輩を前にして、事の次第のすべてを知っている花月と悠里は、何と言っていいのかわからなくなっている表情だ。

悠里は下手《へた》すると泣きそうだし、花月は辛うじて大人の笑顔でごまかしている。

二人は俺のことを思い、複雑な心境なのだ。

「涼、もうそろそろ、グレイス校の大使の試験があるんだよね…？　もう六月も半ばだものね。早いね、あれからもう一年も経とうとしてるなんて…」

そのカリフォルニアの空の色をした瞳で、来夏さんが懐《なつ》かしそうに言った。

「俺、とにかく頑張ります…結果はどうなるかわからないけど」

俺は必死に笑顔を作って、答えた。

「涼ならきっと大丈夫だよ。なんたって無敵の学年一番だからね」

「ええ。任して下さい。もし今年がだめでも、来年もありますし。俺、まだ高二ですから」

言いながら、胸がずきずき痛くなってくる。

本当に…グレイス校は…俺の…夢だったんだな…。改めて、そう感じていた。

どうにかして…どうしても…いつか…行きたい…。

きっと、来年までには、お金を作って行く。

アメリカはいつだって行けるけど、グレイス校への留学は、秀麗の生徒である間でしか実現しない。俺みたいな人間は、このチャンスを逃すともう二度と、きっとどこにも留学できないだろう。

大学に入れば学費はもっと高くなるし、勉強も大変だ。働いて、勉強して、きっと今以上に忙しくなる。それがわかっているだけに、このグレイス校は諦められない。

「じゃあ涼、もしわからないことがあったら、何でも僕に訊いてよね。僕はこれでも今、大学で英語を専攻してるんだよ」

優しい先輩の水色の瞳が、きらきら光って、笑顔が零《こぼ》れた。

頑張ればいいんだ。頑張って働けば、いつかきっと夢は叶《かな》う。

だって、ありがたいことに体はこんなにも丈夫で健康なんだ。

「来夏さん、俺、頑張ります。今年か来年、絶対、グレイス校に行きますから。また色々と教えて下さい」

笑顔で、手を振って、別れた。

大丈夫…きっと…いつか…行ける。諦めない限り、夢はきっと実現する。

「さ、悠里、花月、行こうか。ポテトとチキン冷めちゃうな。後、そうだな…これだけじゃたぶん足りないと思うから、残りもんでよかったら、俺、チャーハンでも作ってあげるよ」

来夏さんの姿が見えなくなると、二人が言葉を失い、あからさまにしょげるので、俺は思い切り元気よくそう言った。

「ほら、なっちゃん、なっちゃん、さっきまでのパワーはどこにいったんだよ。もし、なんだったら、今また俺にぎゅーってしてくれても…い…いいんだぞ…。あっ、そうだ悠里、ケーキでも買って帰るか？　真っ赤なキイチゴがのってるやつ、この間、好きだって言ってたよな？　あっ、それとも、そうだ、あそこのスーパーで、三人の写真でも撮《と》ってみるか？　ほら、裏がシールになってるやつ…」

俺はどうでもいい、非常に俺らしくない究極のフォローに入っていた。

ようやく、まず、花月が笑みを浮かべてくれる。

それにつられて、悠里がへへっと笑った…。

なんだか俺は、ほっとする。

「不破…今、確か、私のことを、なっちゃんと呼びましたね…この花月、ちょっと嬉しいかもしれません…♥」

「涼ちゃん、あんなに写真嫌いだったのに、今、プリクラ撮ってもいいって言ったよね、男に二言《にごん》はないよね」

悠里がすでに俺の腕を摑み、花月がそれに加勢すると、二人はずるずると俺をスーパーの入り口にあるプリクラ台へと引っ張っていった。

三人で撮ったシール写真のバックには、青い空に夏らしい白い雲がぷかぷか浮かんでいる。

まるでカリフォルニアの景色のようだった。

行ってみたこともないのにそう思って、いつのまにか、とても幸せな気持ちになっていた。

眩しい夏はきっともうすぐだ。

# 障壁　～Walls～

週明けの、月曜日――。

学院のあちこちに、グレイス校サマー・スクールのポスターが貼《は》られている。

しかしなんとそのお知らせに書かれてある留学費用は、去年の三十四万九千八百円より、三万二千二百円も高い、三十八万二千円に跳ね上がっている！

これはいったいどういうことだ…。

毎年毎年値上がりしていくのだろうか…下手すると来年は、もっと高くなるということなのだろうか。

夢がどんどん遠のいて行くような気がして、頭の中が真っ白になりながら、教室に入る。

しばらくして、担任の鹿内先生が現れた。

しかし、驚いていたのは、俺だけじゃなかった。

鹿内先生が登場するや否や、手を上げて質問をしたのは森下葉だった。

「先生、あの、グレイス校の留学費、どうして今年はあんなに値上がりしてるんですか？」

それはまさに俺が訊きたい質問だった。

「ああ…あれはね、去年より円がずいぶん安くなってしまったからなんだ。それと、アメリカは今、好景気でインフレ傾向にあるから、物価が多少高くなってしまってね…。あちらでの滞在に費用がかかってしまうみたいなんだ…」

担任は申し訳なさそうに言った。

去年は三十五万出さずに行けたものが、今年は四十万近くもかかってしまう。これは気分的にものすごい差額に感じる。

「でもみんな、聞いてくれ。ほら、秀麗には『特別友好大使』っていう名誉ある留学枠があるじゃないか。大使になれば、ＯＢ会の援助を受けて、サン・フランシスコまでひとっ飛びだぞ。どうだ、みんな、選抜試験受けてみないか？　もう高校二年生なんだから、そうとう英語力はついてるだろ？」

するとクラスのあちこちから、諦め切った声が飛び交う。

「だってあれ、ゼンゼン難しいじゃんかよー」とか、

「高等部九百名もいる内でたったの五名しか選ばれないなんて、砂浜からダイアモンドを見つけるより大変だぜ」とか、

「どーせ、ああいうのは、帰国子女とか、留学経験のある奴とか、ＥＳＳの幹部しか、通らないんだ」とか…。

確かにそうだった。何だかんだ言っても、昨年大使に選ばれた五人は、俺を除いて、一人は小・中学校をずっとロスで過ごしてきた高三生。完璧なバイ・リンガルだ。

もう一人が、秀麗中等部に在籍している時、一年間、カナダに留学した、やはり高三生。

もう一人が、ＥＳＳの副部長。同じく高三。中三で英検一級を取ってしまったような人だ。この人は来夏さんの親友だ。

そして当時、高二でたった一人選ばれたのは、やはりESS所属で、しかも、中等部時代から、毎年グレイス校のサマー・スクールに自費で参加していた熱心な先輩だ。

この面々を考えると、高一で、しかも、発音は悪い、リスニングは苦手、海外経験ゼロ、ただ単に夜の仕事の行き帰りの電車の中、暇《ひま》つぶしで『デル単』を読破し、語彙を増やし、読解力と文法のみで選抜試験を乗り切った俺は、異例中の異例だと思う。

たぶん俺は実験的に選ばれたのだろう。

「そんなことはないぞ。だめだと思ったら、なんでもだめだ。やってみようって思う気持ちが、みんなの能力の限界を打ち崩してくれる。あのな、イメージ・トレーニングっていうのがあるだろ？　自分はこうなりたい、ああしたいっていう、具体的な夢や希望があったら、その事柄を紙に書いて、壁に貼って、毎日それを復唱してみるといい。そうしたら、本当にできるような気がしてくる。そして、実際やりとげてしまう人もいる。スポーツ選手なんてそうだよな、違うか、速水？」

速水真雄はスポーツ推薦で秀麗に入学してきた、全日本高校スプリント界を席巻《せっけん》するはずの期待の星だった。しかし、一昨年《おととし》の夏、インター・ハイを目前に、轢《ひ》き逃げ事故に遭い、全治一カ月の重症を負ってしまった。

それから心身ともに本当に辛い、絶望の時期を過ごし、一年休学した後、一年下の学年である——俺たちのクラスに——復学した。

しかし、一年近くも陸上から離れていたのにもかかわらず、去年、復学してからというもの、彼はまた、奇跡のように着実に記録を取り戻しつつあった。

普段、俺らと一緒にいる時は、わりといい加減に見えるのだが、実はものすごい努力家だ。それはもう見ていて、胸を打つものがある。

「俺は、別に…好きだから、走っているだけです…。もちろん、目標のタイムとかはありますが、その具体的な数字を書いて復唱するとか、そこまではしたことがありません。あ…でも…大きな記録会の前日とかは、寝る時、布団《ふとん》に入ると、自分が一番でゴールのテープを切っている姿とか、表彰台に立ってメダルをもらっている姿とか、次々と頭に浮かんできます。そのイメージが鮮烈な時は、翌日かならず記録を出してます」

へえ…それはすごい…それこそイメージ・トレーニングだな…。

「そうだよ、そう、速水、先生はそのことを言ってるんだよ。そういうポジティブ・シンキングがいい結果をもたらすんだよな」

「でも先生…すみません…俺、取り敢えずその、ポジティブ・シンキングって言葉すら、わからないので、そのグレイス校の特別友好大使の選抜試験は、受けない方向で行こうと思います。すみません、俺、なんか褒《ほ》めてもらっているみたいではあるんですけど…」

速水…それより今年の夏は、確か、インター・ハイだよな。グレイス校にははなっから行く気はないくせに…。

「あのね、速水…ポジティブっていうのは、プラスってこと、だからポジティブ・シンキングっていうのは、『プラス思考』『前向きな考え方』ってことだよ…。俺なんか、どうせだめだ…、とか、俺みたいな奴…、とか、俺はどうしてこうなんだろう…って、ほら、つい、自分のことをそういう風に思ってしまったりすることってあるじゃないか。そういうのって、ホントよくないんだよ…。自分がまず自分のことを信じてあげないで、誰が自分を認めてくれるんだ？　そうじゃないか？」

ああ…鹿内先生…本当にそうです…。

俺がまさにそうなんだ…つい頭の中でいつも、俺はだめだ、とか、俺はどうしてこういう人間なんだ…、とか、気がつくと、次々マイナスな思考に走っている。

そういうの、本当にやめないといけないんだろうな…。

「でもね涼ちゃん…、私は涼ちゃんのそういう——慎《つつ》ましすぎるほどの自己認識——言い換えれば、己《おのれ》に厳しすぎるその性格…実はすごく気に入っているんですよ…。自信満々、自己顕示欲の強い涼ちゃんなんて、涼ちゃんであって、涼ちゃんではないのです。こんなに神々《こうごう》しい美少年にもかかわらず、いつも『俺なんてだめだ…』という地味な世界に沈み込んでいるアンバランスさが、この私の心を摑んで離さないのです…」

ハッ…!?　隣の花月はなぜ、俺の考えていることを読んでいるのだろう。

俺は何も言ってないのにっ。

「涼ちゃんのマイナス思考は、私的には『謙虚』という美しい言葉に置き換えさせてもらってますよ…」

「違うよ花月、今、そういう話をしてるんじゃないんだよ。グレイス校のサマー・スクールの参加費用が値上がりしたから、この際、友好大使に選ばれて、あちらに渡ったらどうだって、先生がそう言ってるんだよ…」

「あ…ああ…そうですね…すみません…この頃、つい、不破の考えてることが、手に取るようにわかってしまうもので…」

入院中にまた、妙な力を蓄《たくわ》えたんだな…。読心術か？　気をつけないと。

「それともうひとつ、グレイス校についてだが、実は来年、サマー・スクールは開催されないらしい」

突然の担任の、それこそ寝耳に水の発言に、俺は驚き、目を見開く。

「アメリカの学校は六月から三カ月の夏休みに入るだろ？　来年、その休みを使って、グレイス校すべての建造物を大々的に改装工事するらしい。あそこは歴史のある学校だが、このところ、とにかく校舎の老朽化《ろうきゅうか》が激しい。その大工事を来年の夏、一気に執《と》り行うという。ということで、来年サマー・スクールを開くのは不可能だ。これはつい先週、あちらから連絡をもらってわかったことだ」

そんな…馬鹿な…俺は、今年から来年にかけて必死に働いて、貯金して、晴れて三年になったら、グレイス校に行こうと、つい先週末、そう心に決めたところだったのに…。

「と、いうことは、現在高二のみんなにとって、今年が最後のチャンスだ。どうか、大使としての選抜試験のことも、前向きに考えてほしい。後、自費でサマー・スクールに参加する人は、七月に入ってから親御さんたちにも、きちんと説明会を開く。こんな景気の悪い時に、費用が若干高くなってしまって申し訳無いが、今年のサマー・スクールはそれだけの内容を盛り込んでいるつもりだ。みんなも参加を検討しておいてくれるか？」

クラスメートはみんな呑気《のんき》な顔で、「はーい」とか返事をしているけど、先生が今言った費用は、俺にとって『若干』高くなっただけのことじゃない。

去年の三十五万の金額だって、高くて高くて、どうしようか悩んでいたのに、それがとうとう三十八万を超えただなんて…ものすごいショックだ。

でももう俺に躊躇《ちゅうちょ》する余地はない。

来年、グレイス校のサマー・スクールはないのだ。

「それじゃあ、もう一度訊くが、このクラスで特別友好大使のための選抜試験を、取り敢えず受けてみようと思う人、挙手して」

えっ……！

花月と悠里が、何の迷いもなく、その手をすっと挙げていた。

それに加えて、森下も…そしてあと数人の生徒たちも…。

全員で十名弱ってところだろうか…。

「よーし、わかった。まだまだ選抜試験まで日にちはあるから、他の人も取り敢えず考えておいてくれ？　結果はさておき、何でもチャレンジしてみるっていうのはいいことだ。そうすることによって、狭くて、窮屈で、いつも自分を閉じ込めている殻《から》のようなものが、次々と壊《こわ》れていくはずだ。それが君らの成長なんだよ」

そう言って担任は、挙手した生徒をにこにこ眺めているが…俺はふと、その隣の相棒の顔を覗き込んでしまう…。

「なあ花月…お前、体は大丈夫なのか…？　選抜試験を受けるってことは、サン・フランシスコに三週間行くかもしれないってことだぞ。それに、そうだ、お前は毎年、夏は舞踊会の稽古で忙しいじゃないか。もし合格したとしても、家元が出してくれるのか？」

しかし、この将来日本舞踊界を背負って立とうとしている仕事人は涼しい顔をして。

「この怪我のお陰で、しばらく踊りの稽古は休業です…。これは逆にラッキーでしたね…。

夏に、いかにも夏らしいことをしてみるのは、生まれて初めてです…。私は今までにそういう夏を過ごしたことがありませんでしたから…今年はきっと貴重な体験ができます」

花月が何を考えているのかはよくわからないが、そうか…行くと決めたのなら、大使として選ばれて行くことを望むだなんて、さすがだ。志《こころざし》が高いのだな…。

花月は帰国子女のごとく、めちゃくちゃ英語が出来るわけではないが、元々優秀だから、大使の選抜試験に合格するかもしれない。

「だから、不破も…どうか頑張って…下さい…。こんなこと私が言う筋ではないのですが、不破は絶対、グレイス校に行くべきです…。そしてその経験はきっと、間違いなく、あなたの将来を鮮《あざ》やかに変えていくことと思います…」

俺に余裕のないことを知っている花月は、躊躇いがちにそう言った。

そして俺が誰の援助も受けないことも、知っている。

そんな中、花月や…たぶん悠里も…、親にお金を出してもらってサマー・スクールに参加することに抵抗を感じているのだろう。

だから、行くのなら、友好大使として選ばれて行こうとしている。

「大丈夫だよ…俺、少し仕事増やして、頑張ろうと思ってる…。今年しかチャンスがないんだったら、もう、行くしかないからな」

呟きながら、俺は決心を固めた。

三十八万二千円か…。約四十万だな…。

今、手元にあるのは…二十万円ちょっと…。

二月に伯父にお金を貸し、それから必死に働いて作ったお金だ。

夜の仕事の他に、春休みは肉体労働（道路工事）をし、ゴールデン・ウイークには、製菓工場で柏餅《かしわもち》の製造補助をして作った二十万だ。

しかし、このお金はサマー・スクールの費用にあてるわけにはいかなかった。

今回の中間テストはなんとか一位を死守したが、次もそううまくいくとは限らない。

期末で総合順位が大幅に落ちて、中間・期末合わせた学年平均が三位以内から転落したら、来学期は自費で秀麗に通わなければならなくなる。

二学期になって、いきなり手元に一銭もないと困ってしまうので、取り敢えず最低二十万程度は、確実に持っておかなければ不安でやってられない。

じゃあ、どうやって…その四十万ものお金を作る…？

サマー・スクールまで後一月半くらいしかないのに。

＊

「どうした、不破。えらいな、自発的に先生のお手伝いをしに来てくれたのか？」

その日の放課後、俺はみっともないが、教員室にいる、元一Aの担任、黒田先生に会いに行っていた。

黒田先生はにこにこしながら、俺にコピーの生原稿を数枚手渡す。

「それ、百五十枚ずつ、複写してくれるか？　中等部の宿題にする長文読解のプリントだ」

俺はすぐ本題に入れず、取り敢えずもくもくとコピー機に向かう。

B4用紙はすぐに足りなくなる。新しい紙の束を棚から出してきて、機械に設置すると、またコピーを取り始める。

暇つぶしに刷り上がった中等部の宿題に目を落とす。

そこには英語の手紙文が書かれてあった…。

フミコという日本人の女の子が、夏にオレゴン州にホーム・ステイして、日本に帰国した後、アメリカ人のホスト・ファミリーにあてた礼状のようである。

向こうでキャンプをしたこと、湖で魚を釣ったこと、満天の星が綺麗だったこと、そして何より嬉しかったのは、アメリカに家族ができたこと…。

オレゴンでの体験は何もかもが新鮮で、今、自分は日本に帰って来て、そのホスト・ファミリーの人たちを、何よりも懐かしく思っている、等など…。

いいよな…このフミコって女の子…中学生だと思うけど…夏にホーム・ステイしたのか。

教材用の架空の話だというのに…実在すらしない女の子のことを、本気で羨《うらや》ましがっている俺がいた。

「不破…先生に何か、話があるんだろ…」

刷り上がってゆくプリントを、ぼーっと眺《なが》めていると、後ろから黒田先生に声をかけられていた。

しかし、俺は躊躇してしまう。

何でもないことなのだけど、考えるとすごく言いにくくなってしまう。考えずにいれば、単純にさらっと訊くことができるのだけど。

「先生…あの…」

手にびっしりと汗をかいていた。

やめとこう。こんなこととても頼めるわけがない…。

「どうした…ひょっとして…グレイス校のことか…?」

黒田先生は、一年の時から俺をよく見ているから、そして、俺のことをよく知っているので、すぐに言いたいことがわかってしまう。

「え…ええ…そうなんです…あの…実は…俺、本当にずうずうしいお願いなんですけど、あの、また特別友好大使の選抜試験…受けさせてもらうことはできないでしょうか…」

顔から火が吹いたような気分になった。

先生は俺が去年、友好大使を辞退した時に、必死に引き留めてくれた人だった。

辞退するってことは、もう二度と選ばれないことだって、懸命になって、俺を説得した。だめなことはわかっているが、もしかして、もしかして、秀麗ＯＢ会に掛け合ってくれるかもしれないと思って、こんなずうずうしいお願いをしてしまった。だめもとで頼んでしまった。

もちろん、試験を受けて、また受かるかどうかなんてわからないけど、でももし、万一、受けさせてくれるというのなら、もう一度、チャンスをもらいたい。

でも、俺は本当に…自分勝手なことを言っている…。

「不破…先生はできればそうさせてやりたいけど、それは難しいかもしれない…。二、三年前にも、高等部で一人、友好大使に選ばれた子がいたけれど、その彼が、行く直前になって、夏の講習会があるからやめるって言い出したんだよ。その彼は英語は得意だが、理数系が弱くてね…それでも将来は、どうしても理数系に進まなければならなくて、予備校の強化合宿ゼミに出なければいけなくなったんだ…。それで彼は、よくよく考えた末、大使を辞退してしまった。やはりＯＢ会としては、それでは納得できないんだ。せっかく時間をかけて試験をして、協議した結果、選んだ大使なのに、勝手に辞退されたら、顔が潰《つぶ》されたってことになるんだろうな…」

黒田先生は、少し辛そうに、俺に説明した。

それは…そうだろうな…。

去年の俺だって、本当に勝手な理由で大使を辞退したのだからな…。

ＯＢ会の心証を悪くしてるし、よく考えると、もう一度、試験を受けさせてもらっても、受かるはずがない。

どうしてこんな簡単なことがわからないのだろう。

「そうですよね、先生、すみません、本当に勝手なことを言って…」

「いや、不破、先生こそ、ごめんな…。何にもしてやれなくて…」

「いいえ、とんでもないです。じゃあ、俺、世話になっている伯父に頼んでみます。出世払いにするって言えば、そのくらい出してくれる伯父ですから」

黒田先生に心配をかけるのが嫌なので、また嘘を重ねてしまった。

そして俺はまた、コピー機に向かう。

次々と刷り上がってゆく長文読解に、再び目を落とす。

夏にオレゴン州にホーム・ステイしたフミコは、また近い将来、必ずホスト・ファミリーに会いに行きたい、と手紙を締めくくっていた。

彼女の裕福な環境が手に取るようにわかる一文だった。

彼女は何度も何度もアメリカに行けるのだ。

# 二人の境遇　～Their circumstances～

「だって涼、今日は火曜日だよ。仕事のない日だろ？」

放課後、『ＮＡＩＳ』銀座校のセミ・プライベート・レッスンを受けると、田崎さんのお父さんの画廊に立ち寄っている俺である。

これから一緒に夕食に行こうと誘われたのだが、俺にはそれができない。

お父さんはとたんにがっかりしてしまう。

「えっと…俺…実はこの頃、店が忙しくて…しばらく毎日働いてもらいたいって、ママに言われてるんです…」

本当はママに頼まれたわけではない。俺が自発的に頼んだのだ。もう少し、働く日数を増やして下さいと。グレイス校に行くためには、そのくらいしないといけない。

しかし気をつけないといけないことは、毎晩働いていると、勉強する時間がなくなり、七月にやってくる期末テストの結果が悪くなり、奨学金が受けられなくなるということだ。

そうなっては本末転倒も甚《はなは》だしい…。

でももう、これしか方法がない。

働いてお金を少しでも多く稼いで、尚且《なおか》つ期末テストも三番以内を死守する。

これはもうひとつの賭《か》けだった。

時間がある限り、目一杯働いて、それで勉強も怠《おこた》らない。

今、俺を雇ってくれている会員制のナイト・クラブの時給は、三千三百円。

高校生にしては破格の値段だと思う。もらい過ぎているとも思う。だけどこのお金がどれほど俺を助けてくれているか…。

そして、俺が年齢を偽《いつわ》っていることを知りながら、それでも雇ってくれた、お店のママには本当に感謝してる…。月・水・金の放課後、六時から深夜十二時近くまで、時にはもっと遅い時間まで、店で働かせてもらって、もう一年半近くになる…。

仕事はホステスさんたちのヘルプに入ったり、テーブルをセットしたり、飲み物を用意したり、おつかいに行ったり…。指名があれば、お客さまの相手をする。この頃は指名も増えてきたので、どんなお客さまの話もきちんとわかるように、毎朝、隈無《くまな》く新聞を読む。

これはもう基本中の基本の仕事だ。

することはまだある。お客さまが帰られる前にちゃんとタクシーを呼んでおく。帰られたら、すぐにテーブルを片づける、手が空いたら厨房《ちゅうぼう》の洗い物をする。店では俺が一番年下なので、雑用は何でも引き受ける。

あれだけの時給をもらっていたら、きちんと働かないと罰《ばち》があたる。

このように週三日目一杯働いて、月二十万円程の収入になる。

しかし学校でテストがあったりすると、試験勉強のため休みを取らねばならなくなるので、中間テストのあった今月は、いつもの三分の二くらいしか稼げなかった。

期末テストのある来月七月もたぶんそうなる。

だからとにかく今のうち、働けるだけ働いて、なんとか四十万を作り出そう。

留学中の小遣いとかを考えたら、もっと必要かもしれない…。

それに、そうだ。アメリカに行っている間は、仕事ができないので、その分も今稼いでおかなければならない。何て物入りなんだ…。

そして後は、節約に努めよう――。

一月、生活費が十万円近くもかかってしまうので、どこかで切り詰めないといけない。

しかしもう実は、切り詰めるだけ切り詰める生活をしている…。

これ以上、どこを切り詰めたらいいのだろう。誰か教えてほしい――。

「今、五時か…それだったらこうしよう。すぐそこにお寿司屋さんがあるだろ？　涼、お寿司だったら、十五分くらいで食べられるよ。それからお店に行っても…六時の開店時間には充分間に合うだろ…？　そうだ、それなら私も涼の店に一緒に行こう…。少しくらい遅れてもいいように、ママには前もって私が電話を入れておこう」

いいアイディアだとばかりに、お父さんはポンと手を打っている…。

俺はつい噴き出してしまいそうになる。

こういうのは一種の同伴出勤と呼ばれる。親子で（?）同伴ってことはないと思う。

「お父さん、今夜はだめですよ。昨夜だって、店に来てくれて…。二日も続けてアルコールはいけません…」

確か、昨年の今頃だった。お父さんが大腸ポリープの手術で入院したのは。

若く見えるが、もうそろそろ体を大切にしないといけない年齢だ。

お父さんに何かあったら、俺は本当に悲しい。

「そ…そうかい…、じゃあ残念だけど…お父さんは店までは…ついて行かないよ…せっかく涼に会えたのに…つまらないね…」

えっ…めちゃくちゃ肩を落としているじゃないかっ。

「あっ…ちっ、違うんですっ。だから、あの、俺、時間があったら、もう少しお父さんと話していたいのですが…」

「じゃあお寿司くらい食べられるよね…あれはそんなに時間は…かからないよ…」

*

気がつくと俺は田崎のお父さんと一緒に、あれこれ話しながら、銀座の大通りを地下鉄の駅方面に向かって歩いていた。その途中に、お父さん行きつけのお寿司屋さんがある。交差点で信号待ちをしていると。

誰かに呼び止められたような気がした。

「不破くん――」

俺はきょろきょろ辺りを見回してしまう。

だけど街角には、俺の知っている人間は一人もいない。

「不破くん、ここだよ、ここ…」

また、辺りを見回すが…誰もいない…。いったい誰が俺を呼んでいるんだ？

一瞬、嫌な予感がする。

まさか川原《かわはら》…川原がこの世に舞い戻ってしまったというのだろうか。

川原理央《りお》――それは秀麗学院に入学する前、事故で亡くなってしまった、俺の同級生になるはずの少年だった。

亡くなってから一年、可哀想に彼はなかなか成仏《じょうぶつ》できず、この世を彷徨《さまよ》い、どういうわけか俺に助けを求めて、秀麗学院に現れたのがこの四月。

しかし、まあ色々とあったが、その一周忌に彼は（無事？）天国に召され、今は、あの世で幸せに暮らしているはずだが…。

それともまた、何か気がかりなことがあって、この世に舞い戻って来てしまったのか？

「不破…くん…」

突然、俺の目の前に、巨大なクマのかぶりモノをした人間が回り込んできた！あまりにもびっくりしてしまい、俺は言葉を失う。

そのクマはビラの束をかかえ、背中にはプラスチック製のシャケを背負っている。

ついでにたすきもかけていて、そこには『銀座第一デパート・北海道物産展開催中！』と書いてある。

俺と田崎のお父さんは、絶妙なタイミングでそのクマからビラをもらってしまう。

ビラには『本場のサッポロ生麺《なまめん》一玉無料プレゼント』の文字が光っている…。

「あ…どうも…」

得した俺はクマに礼を言い、また辺りを見回してしまう。

不破くんって、誰かが俺を呼んだんだ。さっき確かにはっきりそう聞こえたんだ。

「不破くん、だから、僕だよ…」

えっ！　クマの中から声がするっ。

「誰っ!?」

大きなクマの口の中に、人の顔が見えた。

「森下だよ。六時間目の体育サボって、バイトに出て来ちゃった」

そう言えば…今日の六時間目の柔道の時間に…森下は…いなかった…。

五時間目の現国には、出席していたと思うが。

「不破くん、今『ＮＡＩＳ』のレッスン受けてきたとこだったんでしょ？　今日はどうだった？」

いや、今はそういう話じゃないと思う。

「そうだけど…森下…大丈夫なのか？　バイトなんかして…見つかったら…」

退学だ──って、これから、夜の仕事に出かける俺だけには言われたくないだろうが。

「大丈夫だよ。バレるわけないよ。こんなかぶりモノをしてるのに」

「そりゃそうだけど…」

「あ…でもバレたら、今度こそ、退学かな…」

今度こそっていうことは…。

「ひょっとして森下、前にもバレたことがあるってこと？」

「うん。だから僕、今二Ｇにいるんだ…。去年の夏、渋谷《しぶや》のＣＤショップで働いてたら、どうも誰かに見られたらしいんだ…。それで学院にチクられて…ある日、ＣＤショップに学年主任が踏み込んで来た…。二学期始まってすぐ謹慎処分一週間…プラスその間、反省文毎日レポート用紙に三枚以上書かされて…あれはマズかったな…」

「森下…渋谷という場所に加えてCDショップはマズいよ。そんな賑《にぎ》やかな場所、どうぞ見つけて下さいって言ってるようなモンじゃないか…」

「うん…わかってる…だからもう、こういうかぶりモノの仕事にしたんだ。僕、この着ぐるみ宣伝会社の派遣アルバイターになってるから、土・日とか放課後、時間がある限り、東京のありとあらゆるところで、かぶりモノのバイトをしてる。たまにデパートの屋上で、怪獣ショーに出ることもある。それは結構、いいお金になってさ…。今日は夜にNAISのレッスンを受けようと思ってたから、銀座の仕事を回してもらったんだ」

なんてえらいんだ…かぶりモノのバイトをしながら、学年六位を守って…俺もえらいかもしれないけど、森下も相当えらい…。

「涼…こちらお友達かい…?」

俺の隣でずっと話を聞いていた田崎のお父さんが、声をかける。

あっ…でも…森下にはどうやって、お父さんのことを紹介しよう。

「あ…あの…秀麗の同じクラスの友達なんです。森下くんって言って…。あっ、それと、俺と同じ『NAIS』にも通ってるんです」

俺はすぐに、お父さんの画廊の入っているビルを指さした。

「そうかい、そうかい、えらいねえ、若いのにこんな重たいものを着て働いて…。しかし、蒸《む》し暑いだろう…今日はそれでなくても外は充分蒸し蒸しするのに…。あ、そうそう…、私は涼の祖父です…いつもうちの涼がお世話になってます…」

お父さんは俺と年が離れていることを考慮して、即座に自分のことを祖父と言っていた。

俺が、学院や同級生に色々と隠していることがあるのをよく知っているのだ。

「お祖父《じい》さんですか。お父さんかな、とも思ったんですけど…。そっか、お祖父さんか…でもホント、よく似てらっしゃいますね…」

「いや…森下くん、実はよくそう言われるんです…孫《まご》の中でも涼が私に一番似てるって…」

お父さんは満面の笑みで、森下と対話し続ける。

こういう時のお父さんは本当に嬉しそうだ…。

そしていつも、俺の中に、二十三年前、高校生で亡くなってしまった息子さんを探している。

それがなんだか…時々…とても…切なくなって…。

俺は何と言っていいのかわからなくなる。

「あっ、不破くん、ごめんね、呼び止めたりして…。お祖父さんと、どこか行くところだったんでしょ？」

森下が、仕事に戻ろうとする。

俺に話しかけながら、時折また道行く人に、慣れた手つきでビラを手渡す。

「えっと、じゃあ森下、明日、また学校で——見つからないように気をつけるんだぞ」

「うん、じゃあまた明日ね。バイバイ」

かぶりモノのクマの手で、大きく俺に手を振ってくれた。

危険を冒《おか》してまで、それでもバイトに励む森下の境遇を、俺はよく知らない。

でもたぶん…俺と似たようなものかもしれない…。

きっと…苦労してる。それを知るのが怖いような、知らなくてはいけないような…森下と親しくなっていく度にそう思う。

それとも俺の考え過ぎだろうか…。

英語の好きな森下は、ただ単に、グレイス校のサマー・スクールに参加したいがため、お金を貯めているだけかもしれない。

森下は特別友好大使の選抜試験を受けるが、もし落ちた時のことを考えて…お金を作っている。ただ、それだけのことかもしれない。

だって、サマー・スクールは、高二の俺たちにとって、今年が最後のチャンスだから。

*

翌日学校に行くと、花月が真面目な顔で、ヘッドホン・ステレオを聴《き》いている。

俺が隣の席についても、気がつかない。

かなり集中していることがわかる。

実は一緒に登校した悠里もそうだった。器用にもヘッドホン・ステレオをつけたまま、俺と話しながら、学校まで歩いて来た。

二人の聴いているものは、たぶん同じようなものだろう。

「花月…おはよう…」

軽く肩を叩いてみた。

「Good morning, Mr.Fuwa. What's up?（おはよう、不破。何かありましたか？）」

やはりそうか…友好大使の選抜試験対策に燃えているのか…。

テープの内容は間違いなく、英会話だ。

悠里は悠里で、睡眠学習で使う、延々英単語ばかりが流れてくるカセットをずっと聴いていた。

「俺は特に…変わったことはないけれど…花月…お前、この頃、すごくわかりやすくなったな…」

「Thank you, you too.（ありがとう、あなたもですよ）ふふ…♥」

相棒は不敵に笑っている。

「花月だったら、大丈夫だよ…去年の大使の一次試験もかなりいい線いってたし…」

「ええ、この花月、やる時はやります。やらない時はまったくやりませんけど」

「涼ちゃんっ、僕も頑張るよっ。絶対、絶対、大使の座を勝ち取って、グレイス校に行くからねっ」

駆け寄って来た悠里の鼻息も荒かった。

この二人の決心は岩よりも固い。

俺がどうしたってサマー・スクールに行くことを知っているから、自分たちも自力で留学しようとしている。親から費用を出してもらうことに罪悪感を感じているのだ。

二人とも…本当はすごく…裕福な家の子たちなのに…俺は、なんだか余計な気を遣わせてしまっている…。

そう言えば森下も選抜試験を受けるんだよな…。

今年の大使のテストはなかなか激戦かもしれない。

その時、教室の扉がガラリと開き、元気なく入って来たのは、森下だった。

なんと、顔に擦《す》り傷のような痕《あと》がある…。

俺は慌てて駆け寄っていく。

「どうした、森下…顔…怪我してるじゃないか…大丈夫か…？」

「あ…不破くんか…何でもないんだ…それより、昨日のビラ持って、銀座第一デパートの北

海道フェアに行ってくれた？　サッポロ生麺一玉もらえただろ？」

「何言ってるんだよ。顔、どうしたんだよ…」

「ちょっとドジった…昨日、あの後、大学生みたいな奴らがふざけて…そいつら酔ってて、僕の着ぐるみについている作り物のシャケを取り外そうと、絡《から》んできた。それで、着ぐるみの頭の部分が外されて、その時、僕、転んじゃって、歩道に顔を擦ってしまった…。結局、バイトもパア…」

小声でしゃべりながら、森下はごほごほ咳《せき》をする。

明らかに具合が悪そうだ。

「風邪ひいてるのか…？　学校に出て来て、大丈夫なのか？」

森下は表情なく頷く。

「だって、今日、英会話の授業があるから…」

英会話ってとこだけ、嬉しそうににこっと笑った。

「だけど…すごく具合悪そうじゃないか…」

「大丈夫…たいしたことないから…」

しかしやはり、たいしたことなくはなかった。

三時間目の英会話が始まるその前の時間に、森下は高熱を出し、保健室へ運ばれてしまっていたからだ。

「ごめんね…不破くん…、僕とんでもなく面倒かけちゃったね」

＊

森下の家は学院から三、四十分ほど離れた都下にあった。

森下の熱が余りにも高いので、俺は学院の養護の先生と相談して、彼を昼休みに学院近くの診療所に連れて行った。

なんと、森下の熱は三十八度九分もあった…。よくそんな体で、学校まで来られたと思う。

診療所で森下はすぐに解熱剤を打ってもらい、しばらく横になった後、悪寒が少し治まったようなので、俺が彼を家まで連れて帰ることにした。先生の許可ももらっている。

森下の家は、昔ながらの、かなり老朽化した団地の中にあった。

駅からかなり距離があったので、タクシーに乗った。

そして俺は今、彼のアパートの鍵《かぎ》を開けている。

母親は仕事に出ていて、帰るのは六時過ぎだという。

小さな玄関を上がると、下駄箱の上に、家族の写真らしきものが飾られていた。

すごく彫りの深い――びっくりするほどハンサムな四十過ぎの男性と、優しそうな二十代の女性。この人は森下のお母さんだろう。

四十過ぎの男性に抱かれているのは、五歳くらいの男の子——これがたぶん森下だ。

この男性は森下の父親だろうか…。いや、父親というには少し年齢がいっている。かといってお祖父さんというには、若過ぎる。

三人でどこかの遊園地に行った時の写真だ。

アパートは古くて、築三十年くらい経っていそうだが、森下の家はなんだか懐かしい匂いがしていた。

八帖《じょう》くらいのダイニング・キッチン。真っ白な蛍光灯が四本。

六帖の畳の部屋。そこがリビング・ルーム。

もうひとつあるのは四帖半。そこが森下の部屋。

パジャマに着替えた森下は、ベッドに力なく横たわる。

俺は静かに、森下の家を眺めていた。

古びた障子《しょうじ》と、襖《ふすま》と、ギシギシいうキッチンの床と、少しひびの入った天井《てんじょう》。

だけど、そのどれをとっても、ひとつひとつが温かく、俺が昔、母さんと過ごした日々のような、安心する家庭の空気があった。

たとえば、手作りのクッション。古いものだけど綺麗に磨かれて壁にかけられているフライパン。テーブルの上には料理雑誌。ベランダにはたくさんの洗濯物がはためいている。

それを見ただけで、森下が幸せな家庭にいることがわかる。

幸せとは、富・財産では計れないのだ。

「ごめんね…不破くん…もういいよ…、午後の授業に遅れてしまうよ」

森下が横になったまま、頼りなく呟いた。

俺は森下の額《ひたい》に手を伸ばす。まだそうとう熱い…。

このままにして、学校になんて戻れない。

「あのさ、森下、冷凍庫に保冷剤みたいなものの入ってるかな…ほら、頭冷やすやつ…」

「どうだろ…あるかな…でもたぶん、あっても、冷やしてないと思う…ごめんね…」

「じゃあ、氷が作ってあったら、それ勝手に出して、使ってもいいか?」

「不破くん…氷嚢《ひょうのう》作ってくれるの…?」

「ああ…なんか森下、また熱が高いみたいだから…」

俺はすぐに立ち上がり、冷凍庫から勝手に氷を取り出し、近くにあったスーパーのビニール袋にいくつか詰めた。そしてそれをハンド・タオルでくるむ。

だって…嫌なんだ…こういうの、絶対に嫌だ…。

たかが風邪をこじらせ、肺炎を併発し、高熱に浮かされ、あっけなく逝《い》ってしまった俺の母親…。

「ごめんね、涼、ひとりぼっちにして…」

最後にたった一言…そう言い残して、ロウソクの火が消えるように、息をひきとってしまった俺の母親。俺は小学校五年にもなっていたのに、どうして母親を風邪ごときで死なせてしまったんだろう…。

思い出すと、自分自身が嫌になる。

悲しくて、やりきれなくなる。母さんに、ごめんなさいと謝りたくなる。

「二Gになって、本当によかった。不破くんと友達になれるとは思ってなかったから…」

俺が氷を額《ひたい》に乗せると、森下は嬉しそうに言った。

「なんで風邪なんてひいたんだ…昨日、銀座の街角に立ってた時から具合が悪かったのか？」

「着ぐるみ着て絡まれた後、宣伝会社に戻ったら、クマについていたシャケがなくなっていることに気づいて、ものすごく怒られて、当然、バイト代ももらえなくて、それどころか、もう来なくていいって言われた。それが、すごいショックで…町をふらふら歩いていたら、雨が降ってきた…。濡《ぬ》れて帰ったから、たぶんそれで…」

「そうか…災難だったな…しかしひどいな…その学生らも、バイト先の会社も…」

「またバイト探さなきゃならない…。僕…どうしても…グレイス校に行きたくて…。本当に困った…」

やはり、サマー・スクールのためのアルバイトだったのか。

森下は自分でお金を作ろうとしている。

「でも森下だったら、大使の試験パスするかもしれないよ。あ、もちろん、花月も悠里も、頑張っているから、強力なライバルがたくさんいるけど…」

「そうなんだ…だけど僕はまだ高二だし、どう考えても高三生の英語力にはかなわないし、落ちることを想定してきちんと四十万円は作っておかなくちゃ…。今年が最後のチャンスだからね」

最後のチャンスという言葉が俺の胸にも重くのしかかった。

そうなんだ、来年にはサマー・スクールは開かれないのだ。

「不破くんはどうするの…昨年、大使に選ばれてたけど、なんか事情があって、途中で辞退しちゃったんだってね…」

「あ…ああ…、家のことで、どうしても外せない用事ができて…」

「そっか…もったいなかったね…せっかく合格したのに…」

具合が悪いくせに、森下は話し続ける。

病気の時って、誰かがいるだけで、安心するからかもしれない…。

「不破くん…僕はとにかくサン・フランシスコに行くのが、小さい頃からの夢だったんだ…。サン・フランシスコは僕の父さんの生まれた街《まち》だから…」

「ええっ、森下の父さんって、じゃあ、アメリカ人なのか？」

そんなはずはない。森下はどこからどう見ても日本人だ…。

あ…いや、そういえば…どこか非常に端正な顔立ちをしているとは思っていた。鼻筋も通っているし、肌の色も俺たちより若干白い。

そして言われてみると確かに、表情がどことなく西洋的だ。

それと決定的なのは目の色——。

「父は日系三世なんだ…向こうで高校の教師をしてたんだ。それで日本の高校に招かれて、英会話を教えることになったんだ。母はその時の高校の生徒だった…。何と年の差二回りだよ。二十四歳違い…」

それはかなり…ドラマチックな出逢いだな…。

「僕の曾祖父母《そうそふぼ》が、戦前広島からカリフォルニアに渡って、サン・フランシスコに移住した、日系一世なんだ。その曾祖父母の息子、いわゆる僕の祖父は日系二世で、その人はアメリカ人と結婚したんだ。で、生まれたのが、僕の父親。だから、父は日系三世って言っても、半分しか日本の血が流れてないんだ」

なるほど…それでは先程の玄関の写真の人が、やはりお父さんでいいんだな。

とても彫りが深くてハンサムだった理由も、ようやくわかった。

って、ことは、森下には四分の一、アメリカの血が流れてる？

森下のヘーゼルナッツ色の瞳が時折、コバルト・ブルーに光って見えるわけも頷《うなず》けた。

「じゃあ、森下は四分の一《クォーター》アメリカ人《アメリカン》なんだ」

「そう。でもね、実は母親の家族が、父との結婚に絶対反対で、ほら、すごい年の差だったろ？　それに加えて国籍問題。父はアメリカ人だから、結婚すると母もアメリカ人になってしまう。親戚中、それは絶対だめだって、祖父母も親族もみんな頭が堅くてさ。日米間が戦争になったらどうするんだって…敵方《てきがた》につくことになるんだぞって。父はそれでも何とか、母の家族に認めてもらいたくて、とうとう完全に日本に移住してきたんだ。そして私立高校の非常勤講師と英会話学校の先生の職をかけもちして、頑張って働いた。それでも母の家族は、母がアメリカ人になることを認めないので、とうとう、父が母の籍に入ってくれた。森下って母の姓なんだ」

「だから、森下って英語の発音がいいのか…。そっか…じゃあ、お父さんとは英語でしゃべってるんだ…」

「うん…小さい時は…そうだったんだって…。母が日本語でしゃべって、父が英語…」

今はもう違うのだろうか…。

「僕が七歳の時、父が亡くなってしまったから、その時まで話していた英語は全部忘れちゃったんだ…」

嘘だ…父親…いなかったのか…。

俺は愕然《がくぜん》としてしまう。

だから森下は必死でアルバイトをしている…。

「血液の癌《がん》だったんだ…。まだ五十一歳だったんだけどね…」

「ごめん…俺、それ、知らなくて…」

「ううん、いいんだよ。だって病気だったんだから、しかたがないよ。と言っても、五十一歳は若すぎるよね…。でも僕、七年しか父と一緒にいなかったけど、みんなに負けないくらいたくさん想い出があるんだよ。父は本当によく僕と遊んでくれたんだ…。父から教えてもらった英語は忘れたけど、遊んでもらったことだけは、本当によく覚えてる。父親との一生の想い出、あの七年間に凝縮《ぎょうしゅく》されてるんだ…」

だからなのか…森下がいつも満たされた、おおらかな性格をしているのは。

人間は、誰かに強く愛された記憶があれば、きっと森下みたいに育つのだろう…。

俺は…父親はいなかったけど…小学校五年の春まで…すごく母親に大事にされて育った。

その幸せの記憶は、生涯褪《あ》せることはない。

あれは俺と母の、貴重な十年だった――。

# 危険な誘い　～Risky enticement～

ナイト・クラブの仕事の時間をずらしてもらって、母親が帰宅するまで、森下の家にいることにした。

森下はいっこうによくならなかったからだ。額の上に乗せた氷はすぐに溶け、しかも咳が出るようになっていた。

そして六時過ぎ――チャイムが鳴り、俺がドアを開けると。

両手にスーパーのビニール袋をかかえた、森下のお母さんが立っていた。

「あらっ、秀麗のお友達？　遊びに来て下さったの？　はじめまして…葉の母親です」

疲れていながらもすぐににこにこ挨拶《あいさつ》してくれる。まだ若いお母さんだ…森下の話だと、二十歳の時に森下を生んだそうだから、今、三十六、七だろうか？

化粧っ気がなく、服装も地味でとても質素な人だ。だけど優しそうでほっとする。

「あの、こちらこそはじめまして。俺、不破って言います。森下くんと同じクラスです」

お母さんはようやく、自分の息子が出て来ないことを妙に思い始める。

「あの、実はお母さん、森下くん、今日、学校で熱を出して…どうも風邪らしいんです…。今、部屋で寝てます…」

お母さんはびっくりして、すぐに息子の部屋へと向かって行った。

「葉、大丈夫なの…？　ごめんね、お母さん、知らなくて…」

その声に森下が目を覚ます。

「あ…なんだ…お母さんか…。大丈夫だよ、ずっと不破くんが、一緒にいてくれたんだ。なんか今…すっごく体が楽だ…熱…ようやく下がったみたいだ…」

母親は、森下の机の上にある電子体温計を見つけると、即座にそれを彼の脇《わき》に差す。

ふと見ると、森下のお母さんの瞳は涙でいっぱいになっていた。

その光景に思い出してしまった。

俺はほとんど病気をしない子供だったが、幼稚園の時、インフルエンザにかかり、パート先から帰った母親は、高熱を出して倒れている俺を見つけ、泣きながら診療所に連れて行ってくれたことがあった…。

母親ってみんなそうなのだろう…。たかが風邪といえども、血相を変えてしまう。

森下が大丈夫なのを確認したお母さんが、ほっとした顔を取り戻すと、俺はその温かな家を後にした。

＊

「ママ、すみません、すっかり遅くなってしまって…本当にご迷惑をおかけしました…」

自分のアパートに戻り、私服に着替え、ナイト・クラブに到着したのが七時四十分。

俺はすぐに従業員控室に入り、クラブの黒服に袖を通している。

「いいのよ、アキラはいつもよく働いてくれるからね。ところで、クラス・メートの具合はどうなの？　少しはよくなった？」

ママには今日の事情をすべて説明している。

アキラというのは、俺の店での名前だ。本名で働くわけにもいかないので。

「熱はなんとか三十七度七分まで下がって…。一時はどうなることかと思ったんです。昼間九度近くまであったので」

ママはシガレット・ケースから煙草《たばこ》を取り出し、火をつける。

「アキラのそういう、お友達を大切にするところ、私、とても気に入ってるのよ。こういう客商売をしているとね、大変なことばかりなんだけど、それだから、人の恩とか親切にとても敏感になるの。えらそうなことは言えないけど、生きる上で大事なことは、そういうことじゃないかしら…。私も具合が悪くて、ふらふらしながらも、お店に出て働かなくちゃいけない時があるでしょ。そしたら、それに気づいた店のコたちが『ママは休んでいて、今夜は私たちに任せて下さい』って、めちゃくちゃ頑張って働いてくれたりするの。そういうことが、この年になると、ああ、ありがたいな、嬉しいなって思うのよ…。フフ…やあね、私、もう年なのかしらね…」

ママはその時のことを思い出したのか、幸せそうに笑った。そして、一旦煙草を灰皿に置くと、俺の黒服の金ボタンを留めてくれる。

五十はとうに過ぎ、いくつもの修羅場《しゅらば》をくぐってきたお店のママだが、そういう時はもう、母親の顔になっている。

「じゃあアキラ、今夜もお願いね。さ、笑顔よ——。お客さまへの一番のもてなしは、笑顔だからね」

ママは俺の背中をそっと押すと、店に送り出してくれた。

あちらのヘルプ、こちらのヘルプ、俺への指名も数件あって、その合間に洗い物をこなし、いつになく忙しく働いていると、また次のお客さまがお見えになった。

ママは彼らを笑顔で出迎えている。

仕立ての良い上等な背広を着た年配の男性二人。

一人は六十五歳過ぎで、もう一人は六十歳前…。

確か、どこかの会社の重役さんたちだった。常連の方だ。俺はまだ、その方たちのテーブルについたことがないのでよく存じ上げないが、とにかくようちの店を接待に使って下さる超お得意さまだ。

その彼らと共に、外国のお客さまが二人。

こちらはまだ若い三十代のインテリ風アメリカ人だ。

合計四名——。

その日本人の重役さんたちは、巧《たく》みに英語を操《あやつ》っていた。

店に入って来た時、ママが挨拶をしたが、彼らはママに返事も返せないくらい、ずっとそのアメリカ人たちと話すことに没頭していた。

英語ってそういうものだ。自分の言葉じゃないので、気が逸《そ》れると、とたんに相手が何を言っているのかわからなくなる。だから、横から日本語で話しかけられても、答える余裕がなくなってしまう。悪気じゃないんだ。

「アキラくん、アキラくん、お願い——」

俺がカウンターの裏で灰皿を掃除していたら、ホステスのハヅキさんが慌ててやって来た。

両手を顔のところで合わせている。

「お願い、私のヘルプに入ってくれる？　私、英語がよく聞き取れないの。何の飲み物を作っていいのか、どういうおつまみがいいのか、訊く間もよくわからなくて…。『富士立電子《ふじたつでんし》』の方もずっと英語でしゃべっているし…。お願い」

そうか、あの重役の方は、今をときめくコンピューター会社の『富士立』か…。

なるほど、世界を市場にしている会社の人たちは、さすがにすごい。英語が堪能だ。

ママも状況を察知して、俺に目配せをすると、俺はすぐにハヅキさんのテーブルに向かった。

「(はじめまして、アキラと申します。ようこそいらっしゃいました。飲み物はいかがいたしますか…)」

俺はどきどきしながら、それでも笑顔で、富士立の人とその接待されている側のアメリカ人に英語で話した。すごく緊張する。

「(そうだな…じゃあ、僕はワインがあれば、赤を頂こうかな…)」

非常に体格のいい、栗色の髪をしたアメリカ人――ハワードという――が、すぐにそう答えた。

「(そうか、ハワード、ワインっていうのはいいね…、じゃあ僕も君と同じく、今日は赤を頂こうかな…)」

もう一人のアメリカ人――こちらはセオドアと言う――もハワードのアイディアに同意する。彼は金茶の髪に、すごく洒落《しゃれ》たイタリアのスーツを着ている。

すると、『富士立』のやや若い方の重役が、すかさず。

「(きみ、すまないが、ワイン・リストを見せてくれるか？　極上のフランスの赤があると、ありがたいんだが…)」

日本語のわからない人の前で日本語を話すのは、失礼になるので、富士立の人は俺にも英語で話しかける。

俺はすぐにリストをお持ちする。

どうみても富士立の人の方が、ずっと年配なのだが、この若い三十代のアメリカ人に、ものすごく気を遣っている。あきらかにアメリカ人の方が立場が上だ。

「(ところで君、アキラ…だっけ…随分と英語が上手《うま》いけど、どこで勉強したの？)」

洒落たいで立ちのセオドアが、金縁《きんぶち》の眼鏡の下から、じっと俺を見ていた。吸い込まれそうなエメラルド・グリーンの瞳をしている。

「(高校時代です…週二回ほど英会話の授業がありましたから…)」

今も高校生なんだけど…それは死んでも言えない。すべて過去形で話そう。

「(学校で習っただけの英語にしては、上手いね…。僕はまた、アメリカにでも留学してたのかと思った。君、カリフォルニアには遊びに来たことある？　僕らは世界中のコンピューター会社が集まっている、シリコン・バレーの町から来たんだよ)」

一見気難しそうな若きエグゼクティブなのだが、話すとセオドアは非常に愛想のいい人だった。

アメリカ社会の主流をなしてきたWASP《ワスプ》(アメリカのアングロサクソン系白人プロテスタント)の代表みたいな人だ。こういう人たちが、今のアメリカを支えているのだろう。

「(そう言えば、シリコン・バレーには、『富士立電子』の工場も、ありますよね? 静岡にある富士立の本工場より数倍大きいと聞いたことがあります)」

と、地下鉄の網棚に残されていたビジネス雑誌にそう書いてあった。

「(そうだよ、君、よく知ってるね。でも、実は僕らは富士立の社員じゃないんだ。『オレンジ・コンピューター』に勤めているんだよ。今度、富士立と技術提携をすることになって、新しいハードを開発する打ち合わせに、今、東京に来ているんだ)」

「(ああ…あの世紀の技術提携ですか…。確か先週の毎朝新聞の一面に発表されてましたよね。今や、世界中が注目してる大プロジェクトの…)」

ああ…やっぱり新聞は読んでおくもんだ…。

「(君…若いのに…何でもよく知ってるね…。コンピューターには興味があるの?)」

「(いえ、私自身はまだパソ・コンすら持ってないのですが、高校時代、職員室に何台かパソ・コンがあって、よく先生の手伝いで使ってました)」

一年の時の担任、あの黒田先生が、俺に無理やりパソ・コンを覚えさせたのだ。もっと先生の助手として勤労奉仕(?)できるように…。

中間や期末の平均点を出す計算、学院祭の諸経費の表作成、各教師へのE—MAIL《メール》送付、とにかく黒田先生は何でも俺にやらせる。

ついセオドアと話しこんでしまったが、いけない、富士立の人はワイン・リストを抱えたまま、手持ちぶさたになっている。

「(すみません、ところで、ワインはお決まりになりましたか?)」

俺も富士立の人に、英語で話す。

すると、またセオドアが。

「(ねえ、君。ワインはもちろんフランスなんだけど、実は、カリフォルニアにもおいしいワインがあるんだよ、知ってた?)」

あ…そうか…シリコン・バレーって言ったら、カリフォルニアだもんな…。フランスばかり褒《ほ》めるのは、マズイかもしれない。アメリカ人って、愛国心が強いから。

「(そ…、そうですよね。今やカリフォルニアのナパやソノマは、世界に名だたる銘醸地となっていますから。確か一九七六年にパリで行われた、目隠しテイスティングで、赤も白もカリフォルニア産が一位になりましたよね。それからはもう、カリフォルニア・ワインの品質は向上の一途《いっと》をたどってます。実際、カリフォルニア・ワインは、今や大勢の日本人に愛されてますよ)」

何で一九七六年にまだゼンゼン生まれてない俺が、こんなこと言ってるんだよ…。

ついこの間、ワインの本かなんかで読んだことが、全部頭に記憶されているんだ。お酒を出す店で働いているんだから、これは絶対覚えておかなきゃいけない、とか思って、すべて頭にインプットしてしまった。

「あの、それじゃあ、君、この店には、カリフォルニア産はあるかね…いやあ、私もついうっかりしてたよ、奴《やっこ》さんたちが、生粋《きっすい》のカリフォルニア育ちということを忘れてた…」

富士立の年配の方の重役は、そっと俺に日本語で耳打ちすると、額に冷や汗をかいていた。

このアメリカ人たちは相当立場的に強いな…。だって富士立の役員がこんなにも顔色を変えているのだ。

確かに…オレンジ・コンピューターって言ったら、今や世界を制覇している巨大企業だから、富士立といえども、かなわないとは思うが…やはりアメリカは大国だ…。

愛想のいいアメリカ人たちだけど、俺も粗相《そそう》のないように気をつけよう。

「(それでは少々お待ち下さい、貯蔵庫《セラー》からカリフォルニア産極上の赤を用意してきますから)」

俺は急いで、カウンターへと向かう。ママに相談して、一番おいしい年のカベルネ・ソーヴィニヨンを出してきた。カリフォルニアのナパ・バレー産だ。

「アキラ、ありがとう…。実は申し訳ないんだけど、今夜はもう少しだけ、ヘルプに入ってくれる? 富士立のお客さま、随分アキラのこと気に入って下さってるみたいだから…」

ふと見ると、時刻はすでに十一時を回っている。

いつもだったら、そろそろ上がりの時間だ。

「ええ、別に構いませんよ…俺みたいなもので役に立つのなら…」

「アキラ、実はあの二人のアメリカ人、あんなに若いのに、オレンジ・コンピューターにヘッド・ハンティングされてやって来た最年少の取締役なんですって。だから富士立の安達《あだち》副社長も、今日は粗相のないように必死なの。とにかくその合同プロジェクトを成功させなければ、富士立の未来はないとまで言われているから…。私たちも富士立さんのお力になれるよう、頑張りましょう？」

えっ、安達さんって…あの冷や汗をかいている年配の重役が、富士立の副社長だったのか。

そんな偉い人に冷や汗をかかせる、あの二人は相当なやり手だな…。

なんだか俺は段々自信がなくなる。

嫌な予感がしてきた――。

しかし、心配することは何もなかった。

おいしい赤ワインを飲み、極上のおつまみに舌鼓《したつづみ》を打ち、仕事の話で四人は和やかに盛り上がっていた。俺は、ワインを注いだり、食べ物の用意をしたり、たまに会話に加わったり…細心の注意を払いながらサービスに努めていた。

エメラルド・グリーンの目のセオドアと体格のいいハワードは、上機嫌でどんどん赤ワインを飲んでいく。

さすがにアメリカ人は内臓が違う。肝臓が大きいのだろう。飲んでも飲んでも、ちっとも酔わないし、乱れない。

ただ、陽気さが増していくだけだ。こういう飲み方はありがたい…。

俺はワインの空き瓶、不要な食器、灰皿を片づけると、それらを厨房《ちゅうぼう》へと運んでゆく。

彼らの相手は今、ハヅキさんに任せてある。

実は俺はワインを勧められ、少し、目が回っていた。たった、グラス一、二杯のことなのに、妙に神経を遣ったせいか、へんな酔い方をしている。頭痛もする。

水道の蛇口から水を出し、それをグラスに注ぎ、一気に飲んでしまう。頭をすっきりさせないといけない。何か粗相してしまっては、大変なことになる。

そこにやって来たのは、陽気なセオドアだった。どうやら、洗面所を探しているようなので、俺が案内してあげる。

扉に書かれているGentlemenの文字を指し、どうぞと勧めたが——。

セオドアは「ノー」と首を振り、その後、すぐに笑顔になって。

「(アキラ…店が終わったら、僕の滞在しているホテルのラウンジで一杯、付き合わないかい？　時間、ある？　もしよかったら、なんだけど…)」

LEMEN

まずい……誘われた⁉

相手はあの『オレンジ・コンピューター』の取締役だ。

天下の『富士立電子』の副社長に冷や汗をかかせる男だ。

下手な断り方はできない。

しまった…ワインなんて飲むんじゃなかった…頭が回りゃしない…。

でも、もしかして、ただ本当に一杯付き合うだけかもしれない。

って、そんなわけがないだろう？　今までだって、そういうことで、何度も何度も大変な目に遭ってきたんだ。もういいかげん俺も気がつかなくちゃいけない。

「(それとも、アキラ…今夜は約束があるのかな…？)」

どうしよう…富士立はうちの超、超、超お得意様だ…。この誘いを断ったら、富士立はどうなるのだろう。あの副社長は、どうなってしまうんだ…？　せっかくの接待に水を差したと怒って、もううちの店を使ってくれなくなるかもしれない。

そうなったら、店に大損害を与えてしまう。

でも、俺はどう言ったらいいんだ？　イエス・ノーをはっきりさせるアメリカ人だから、曖昧《あいまい》な断り方をしない方がいいのかもしれない。

「(アキラ…それとも、今日はそういう気分じゃないのかな…？)」

どんどん体が強ばってゆくのがわかる。

こういう時、いつもだったら何とか上手《じょうず》に断れるのに、彼には相手にノーと言わせない妙な威圧感がある。

俺はいったい、どうしたらいいんだ…。

じりじりと追い詰められてゆく…。

セオドアがなかなかテーブルに戻ってこないので、富士立の副社長が心配して飛んで来た。洗面所で倒れているとでも思ったのだろう。

そして、俺と話しているセオドアを見つけ、ほっとする。

「(大丈夫ですか…ミスター・フォスター?)」

副社長がセオドア・フォスターに声をかける。

「(アダチさん…実はこの後、こちらのアキラとホテルのバーのラウンジで、シェリー酒を一杯と思ったのですが…)」

セオドアは包み隠さず、何もかも安達副社長に話してしまう。

彼はよほど強い立場にいるらしい。自分が他人にどう思われようと怖くないんだ。

「(すみません、実は私、先程のワインでしたたか酔ってしまいまして…このところ少し、アルコールの量が増えていたもので…今夜は体調を整えようと思います…。また別の機会に誘っていただけたら嬉しいのですが…)」

どうして俺はこんな陳腐《ちんぷ》な言い訳しかできないんだ。

「アキラくん、そんなこと言わないで頼むよ。お願い、一生のお願いだよ。たった一杯でいいんだ。シェリー酒くらい付き合ってやっておくれよ。この通りだっ！」

安達副社長は、その意味がどういうことなのかわかりながら、日本語で必死に懇願する。

それはもう見ていて気の毒になる光景だ。

この誘いを断るということは、店をクビになるにも等しいことだ。

そんなことがわからない俺じゃない…。

「そうだ、ママ。ママからお願いしてもらおう。それしかない――」

安達副社長がカウンターの奥にいる、ママにそっと耳打ちする。

もうだめだ…逃げられない。逃げたらママに迷惑をかける…。超お得意様の顔に泥《どろ》を塗ってはいけない。

俺が…一晩…付き合う…だけで…いいんだ…。

ママには…もう…いやってほど…助けて…もらった…。

このくらい…しないと…だめ…だ…。もう逃げてはいけない。

時給が高いということは、それだけのリスクを抱え込むということだった。

そんなこと…わかっていたはずなのに…。

ママは俺の困った顔を読んでしまった──。

そして厳しい顔で、つかつかとやって来る。

「(セオドア…ごめんなさいね…せっかくのお誘いなのに…。実はこのコには明日の朝一番で、ワインの買い付けにパリまで飛んでもらうところだったの…。うちの店では、このコの舌が一番正確でね…。もう自宅に帰らせ、準備をさせ、すぐに成田《なりた》に向かわせないと、間に合わないわ…。いやだわ…もう午前二時…。もう少し早い時間に、誘って下さったらよかったのに…本当にバッド・タイミングだったわ…許してね…)」

どうしよう…俺…また、ママに助けてもらってしまった…。

「(そうか…それでアキラはあんなにワインのことに詳しかったんだね…。納得したよ…。しかし残念だなあ…。じゃあシェリー酒は、またの機会にとっておこうか…? いや、実は日本には若いのにこんなに賢いコがいるものなのかと、驚いてたんだ。それで、個人的に色々と話を聞いてみたくなってさ…まあこれも一種の市場調査のようなものかな…?)」

セオドアはさらりと笑顔で言うと、俺の肩にそっと手を置いた。

「(せっかくのお誘いだったのに申し訳ありません…。またいつか日を改めて…きっと)」

俺は、心の内を悟られないよう、必死に笑顔で謝った。

しかし、それで済むわけがないと、もう心の奥ではわかっていた。

# 未来はどこにある　～Tell me where my future goes～

この先、三週間、仕事がなくなってしまった。

クビにならなかっただけ、よかったかもしれない。

やはり、セオドアの誘いを断ったことは、それだけで済まないことになってしまった。

フランスにワインを買い付けに行ったことになる俺は、当然、しばらくもう店には顔を出せない。

その上『富士立電子』と『オレンジ・コンピューター』の合同プロジェクトの打ち合わせは、七月の半ば過ぎまで、東京で詰めて行われるという。

しかもセオドアとハワード以外にも、大勢のＶＩＰ待遇のオレンジ・コンピューターの社員、役員が、東京に集まっていて、富士立側は、彼らを順ぐりにうちの店で接待するという。

俺は、ほとぼりが冷めるまでとても店には顔を出せない。

オレンジ・コンピューターの人たちが、シリコン・バレーの本社に帰るのは、七月の半ば過ぎ。打ち合わせが延びることだってありえる。

そうなると、仕事再開まで、三週間以上かかるかもしれない…。

「アキラ…ごめんね…『富士立電子』はうちのお得意さまだから…今度またセオドアがうちの店に来て、アキラを誘っても、その時は私、もう断る理由を見つけられないの…。だから、彼が完全に帰国してしまうまで、しばらく仕事を休んだ方がいいわ…」

昨夜、帰りがけ、ママは思い詰めたように言った。

これは当然、覚悟していたことだった。

「いいえ…俺こそ…本当にすみません…。ママにはいつも、迷惑をかけてしまって…」

それでなくても店は忙しいのに、仕事に穴を空けることになって、申し訳なく思う。

「アキラが悪いんじゃないのよ…相手が悪かったわ…。私こそあんな言い訳しか思いつかなくて…ごめんなさい…。結局、アキラの仕事を取り上げてしまって…それなのに何もしてあげられなくて…情けないわ…」

ママは痛々しい顔で俺を見た。

「いえ、俺がいけないんですから。あの…ママ、どうか、ほとぼりが冷めたら、また、俺のこと使って下さい…。もう二度と、こんな面倒は起こしませんから…お願いします…」

俺は店の外で、深々と頭を下げた。

どうして、いつも、お金が必要な時に限って、こんなことになってしまうのだろう。

それともこれは、俺が無理をしてまで、グレイス校のサマー・スクールに参加するというのが間違っているということなのだろうか…。

ぎりぎりの生活をしているくせに、分不相応なことを考えるからいけないのかもしれない。


アパートに戻ったのが、午前三時。

依然、頭の中が真っ白だった。

こんなに疲れていても、あまりのショックに眠れない…。

これから三週間…いや、もっとかもしれない…仕事なしで…どうしたらいいんだろう…。

グレイス校どころの話じゃなかった。

生活全体が揺らいでしまうんだ。

今まで、当たり前のように働けていたのが、嘘みたいだった。

やはり俺が歩いていたのは、いつだって、薄氷の上なのだ。

油断した途端、パリンと割れて、冷たい水の中に、落ちて行く――。

*

「どっ、どうしました、不破、すっかり目が充血してしまって…。寝不足ですか？」

翌日、二Gの教室に入ると、花月が絶句していた。

俺は結局、朝まで一睡もできなかった。

学校のこと、生活のこと、グレイス校のこと、奨学金のこと、色々と考えていたら、とても眠れたものではなかった。

「なっちゃん…、あのね、今朝《けさ》の涼ちゃん、なんだか元気がなくて、食欲もないみたいで、どうしたのって訊いても、教えてくれないんだ…大丈夫だから、って口ごもるだけで」

一緒に登校した悠里が、小声で花月に訴《うった》えている。

「悠里、俺、本当に何でもないよ。ちょっと寝不足なだけ、心配しないでいいからな」

そうだ――。パワー・ダウンしているヒマなんてない。

とにかく、次のことを考えなきゃいけない。

もっと前向きに、生きるための新しい手段を考えるんだ。きっと道はあるはずだ。

諦めてはいけない。

こんなことくらいで気落ちしてちゃ、何もかもがだめになる。

たかが三週間、仕事がなくなっただけだ。それだけのことだ。

時間がもったいない。時間がない。落ち込んでる場合じゃない。

こういう時こそ、元気を出して、明るい気持ちを取り戻さなくちゃいけないんだ。

そうしたら、きっと…また…風向きが…変わる…。

「実は…仕事…この先三週間、休みなんだ。ちょっと顔を合わせられない、お客さんがいて、その人が東京を離れるまで、店に顔を出せなくてさ…」

どうせすぐ、花月に尋問されて、バレることなので、あっさり自分から言ってしまう。

しかしあっさり言うと、不思議なことに何でもないことのような気がしてくる。

あんなに眠れないほど悩んだことなのに――。

「不破、あなた、ひょっとして、昨夜、貞操の危機にさらされましたねっ！」

花月…どうしてそんなに大きな声で言うっ。

クラス中が俺に注目してしまったじゃないかっ。

それにどうしてそんなに勘《かん》が良いっ。

「涼ちゃんっ、そうだったの！　それでどうなったのっ！　ヘンなことをされたのっ⁉　触《さわ》られたとかっ？　それだったら、ゼンゼン大丈夫じゃないじゃないっ！」

ゆ…悠里…どうしてそんな…場所もわきまえずに号泣する…。

「なんや、不破くん、襲われたんか？　見目がいいっていうのも、問題やなあ…。でも、それってやっぱり年上の女《ひと》？　それとも男…？　暗い夜道で…？」

桂木が、しようもない会話に参加してくる…。

「そっか…美少年っていうのは、それはそれで結構大変なんだ…。で、不破は六本木《ろっぽんぎ》を歩いてて、ナンパされて、そのまま車か何かで連れ去られてしまったんだろ？」

速水…どうしてそんな、具体的な地名や被害状況まで勝手に想像する。

「速水くんっ、涼ちゃんは、ただの美少年じゃないんだよっ。スーパー・ウルトラ超絶美少年なんだよっ。神にも等しい凛々《りり》しさなんだよっ。ちゃんと言い直してっ！」

悠里…話が逸れてる…。そういうことじゃないだろ…。俺は昨夜から、すごく落ち込んでいて、仕事もしばらく休みで…。これからどうしようかって…。そういうことなのに。

「不破っ、誰なんですっ、誰が不破をもてあそんだんですっ、言いなさいっ！　この花月、そいつに天誅《てんちゅう》を下しますっ！」

あっ、花月がブレザーを脱いだと思ったら、床に叩きつけたっ。「成敗《せいばい》っ！」とか恐ろしいことを言っている…。と、思うと次は、ロッカーから体育祭のハチマキを取り出し、頭に締めているっ。

「はい、もうみんな、いいかげん席についてね…。ホーム・ルームの時間だよ…。ところで那智くん、どこに行くつもり、先日まで入院してた人が…、ハチマキなんかして…。討《う》ち入りだったら、先生、許さないよ」

担任の鹿内先生が呆れ果てた顔で、俺たちを見ていた。

「不破くんは力尽きているし、那智くんはこれ以上なく燃え上がっているし、みんな朝から饒舌《じょうぜつ》だし、いったいどうしたんだ？」

「どーもしませーん。今日も俺らはすっごく元気でーす」

クラス中が声を揃えて言う。

「そう…それならいいけど、特に那智くん、ついこの間、死ぬの生きるのって大変だったんだから、くれぐれもおとなしく体をいたわるように…。そんなに燃え上がって、また傷口が開いて、血が足りなくなったって言われても、そういう場合、先生はゼッタイ、那智くんの輸血には協力しないからね。いい？」

花月と同じくAB型の血液を持つ鹿内先生が、きっぱりと断る。

「鹿内先生…それはちょっと…私としても…困ります…。せっかく頼りにしていたのに…。それではこの花月、少し大人になって、頭を冷やすことにしますね…」

(血液が足りなかったくせに) 血の気の多い相棒は、床に投げ捨てられている自分のブレザーを拾って埃《ほこり》を払うと、またおとなしくそれに袖を通している。

気がつくと、俺の気持ちが…随分と…軽くなっていた。

一人であれこれ悩んでいると、発想がどんどん暗くなって、迷宮入りしてしまうのだが、不思議だ――学校に来て、こうしてクラス・メートとふざけていると、なんだか悩んでいるのが、バカみたいに思えてきてしまう。

「仕事のことはまた…考えましょうね…。不破なら、なんだってできますよ…。元気を出して下さい…私がいるんですから…」

もう大人の顔に戻っている花月が、隣の席で呟いていた。

彼のひと言は、いつも俺をほっとさせる。

＊

ナイト・クラブの仕事の代わりになれるほどの時給の高さと言ったら、もうこれしかないだろう。

夏休み、冬休み、そして春休みと、いつも雇ってもらっている下請け工事会社に仕事を斡《あっ》旋《せん》してもらうのだ。

昼間はもちろん学校があるので、夕方五時から深夜一時までの夜間道路工事を選ぼう。

せっかくの英会話スクールは、ちょっとだけ時間のある土曜の放課後に通わせてもらうことにする。

田崎のお父さんには、お店を少し休む事情を話した。

すごく心配されたけど、わかってもらえた。

深夜八時間労働で、一万四千円も貰える。しかも帰りはもう電車がないので、家の近くまでバンで送ってもらえる。これもありがたい。

しかし四十万円を作るためには、最低二十九日は、確実に働かなくてはならない。

カレンダーで、サマー・スクールまでの正確な日にちを数えてみたら、後三十九日しかないことに気づく。

時間がない……。その間に期末テストがあって、二学期の奨学金も確実にもらえて、四十万を稼ぎ出すにはあまりにも時間がないことにようやく気がつく。

第一、毎晩働いて、体力がもつだろうか。

それにもうすぐ七月だ。すでに昼も夜も蒸し暑い日が続いている。暑い中の肉体労働は、本当にエネルギーを消耗する。

昨年もそうだった。七月下旬から八月いっぱいまで、道路工事をさせてもらっていたが、あの時は食べても食べても、怖いくらいにどんどん痩《や》せていった。

でも、今の俺にはこんなことで悩んでいる暇もない。

諦めたら、何もかもが消えてしまう。

この夏が最後のチャンスなんだ。

＊

いつ雨が降り出してもおかしくない空模様の下。

東京都内某所——夜間通行止めの通りでは、地震災害時における、緊急車両避難用の道路拡張工事が行われている。

慣れた手つきで、シャベルでせっせと土を掘り起こしているのが俺だ。

「森下、これは水道管だから、絶対傷つけないように、その周りの土を丁寧に掘り出してくれるか…？」

風邪で三日休んだ後の週明けに、また元気に学校にやって来た同級生は、俺に誘われるまま、深夜の道路工事に勤《いそ》しんでいた。

「でも驚いた…不破くんがこんなバイトを紹介してくれるなんて…」

今朝、森下の学生鞄の中に、求人雑誌が詰め込まれているのを見てしまったからだ。

俺は店を休むことになった翌日からもうこの仕事に入っていて、日曜日を抜かし、今日で四日目になる。一万四千円×四日で、五万六千円を稼ぐことになる。働いた分、日払いでお金を貰えるのは嬉しい。ああ、これだけ働いたんだ、というものすごい充足感もある。

「だから、言ったろ？　俺んち、そんなに裕福じゃないって…。それに俺、働くの嫌いじゃないんだ。体動かしてるの、結構好きだから…いい運動になる」

俺はこの期《ご》に及んで、どうしても本当のことが森下に言えない。

独り暮らしのこと、もう親がいないこと、自活していること、本当にお金に困っていることと。きっと、哀《あわ》れまれたり同情されたりするのが、嫌なんだろう。

「でも、ＮＡＩＳのセミ・プライベート・レッスンを受けているような不破くんが、普通こんなハードなバイトはしないと思うじゃない…学校の勉強だって大変なのに」

「ＮＡＩＳの学費は…えっと…祖父…祖父が出してくれるんだ…。うちにはそんな余裕ないから…あ…でも祖父は…割と…裕福で…」

「ああ、この間、銀座で会ったお祖父さん？　そう言えば、不破くんのこと可愛くて仕方がないって顔してたよね」

「あ…ああ…俺、結構…お祖父さんっコなんだ…」

「あの日、不破くんとお祖父さんを見つけて、なんかいいなあって思ってたんだ。だってほら、僕の父親も、もしまだ生きていてくれたら、六十過ぎなわけじゃない？　二人で歩いたらきっと、不破くんたちみたいかなと思ったら、羨ましくなっちゃって…。あっ、ごめんね、羨ましいっていうより、何ていうのかな、僕…きっと…すごく…父親に会いたくなっちゃったんだ…」

そんな思いをさせてしまったのかと、少し胸が詰まる…。

だけど俺は俺で…この間、森下のお母さんに会って…自分の母親を思い出していた。

息子のため、着飾ることも忘れ、一生懸命働いているあの姿が、俺の母親を思い出させた。

本当に笑顔が優しくて、温かくて…あの日、森下のアパートからの帰り道、俺はずっと母親に会いたくて仕方がなかった。

貧乏でもなんでも、とにかく母親がいてくれたらどんなにいいかと思った…。

「ところで、涼、今日はいい友達連れてきてくれたな…。助かるよ。やはり、若いっていうのはいいな。働きっぷりが違うよ」

馴染《なじ》みの現場監督が、道路の上から俺らをライトで照らし、声をかけてくれる。

ちゃんと俺の名前を覚えてくれていた。

「監督、突然来て、働かせてもらって、僕こそすっごく助かりますっ。本当にありがとうございます。明日も明後日《あさって》も明々後日《しあさって》も、よろしくお願いしますっ」

頭に合わないヘルメットをカタカタ揺らしながら、森下は何度も頭を下げていた。

「嬉しいこと言ってくれるね…こんなキツい仕事…普通、夏場はやってらんないんだけどね。大抵みんな、すぐやめちまうんだ。兄ちゃんもあまり初日からとばさなくていいよ。後、続かないから」

監督は苦笑いしている。

「いえ、僕、頑張ります。ちょっと前まで、重くて、地獄のように蒸し暑い着ぐるみの中に入って、働いていたことがあるので、このくらいゼンゼン平気です」

確かに森下は、見た目よりずっと体力があった。

道路工事はかなりハードな仕事なのだが、休んだり手抜きすることなく、必死に働いてくれる。何よりもいいのは、働いていて、楽しそうなのだ。悲愴感がまったく漂《ただよ》わない。

誘ってよかったと思った。

「新入りの兄ちゃん、ひょっとして単車が欲しいんだろ？　そうじゃなかったら、彼女にプレゼントでも買いたいのか？」

監督はバイトの理由を森下に尋《たず》ねている。

「いえ、僕、この夏、サン・フランシスコに行こうと思って」

サン・フランシスコっていうだけで、森下の顔はほころんでしまう。

まるで自分を見るような思いで、俺はつい苦笑してしまう。

「アメリカか…そりゃあいいこった。おい、涼、お前もそうなのか？」

「あ…ええ…一応…。でも、まだ…どうなるか、わかりませんけど…」

期末テストの結果が出るまで、行くかどうかは定かではない。

来学期の奨学金が獲得できなければ、今働いているお金はすべて、学費に回される。

「そう言えば、うちの息子の高校も、三年になると修学旅行で、カナダに行くとか言ってたよなあ…。今、国内うろうろするより、バーンと海外出ちゃった方が、安いんだって。すげえ時代がきちゃったモンだよ…」

監督は顎《あご》に手をやり、しきりに頷いている。

修学旅行にカナダか…それは確かにすごい話だ…。いったいいくらかかるんだろう。

せいぜい五泊六日くらいのことだから、十五万もあれば行けるのだろうか。

そう考えたら、グレイス校は高い…。しかしまあ、三週間も滞在して、授業があることを考えたら、四十万っていうのは妥当な額かもしれない。でも、高いものは高い…。

明日はもう七月だ。サマー・スクール出発までには、あと三十四日…。

そして、期末テストまで、あと二週間…。

テスト期間が三日あって、その前に試験休みとして最低三日、いや四日は仕事を休まないといけない。どう少なく見積もってもこれで六日は、仕事に出られないだろう。

しかも、日曜日はどこの現場もたいてい休みだ…。これでまた働ける日数が減る。

サマー・スクール出発までに、日曜日は四、五回は挟まる。

実質、働けるのは、二十三、四日だ…。

それでだいたい、四十万になる…。

ああ…でもそれだと、ぎりぎりだ。留学費のことしか考えてなかった。

アパートの家賃、食費、光熱費…留学以外の生活費も必要だった。しかも八月の留学中は働けない。八月はもちろん、九月の生活はどうするんだ？

そうだ、しまった。天気のことを考えてなかった。雨が降ったら、工事は中止だ。

今はまだ梅雨どきだから、度々雨も降るだろう。そうなると働ける日は更に減ってゆく。

お金なんて…ゼンゼン足りない…。

俺はそうとうキツい予定を立てていたことに気づく。

どうしたら…いいんだろう…。

＊

「ホントにっ、ホントにホントにホントっ？　涼ちゃん、嘘じゃないよねっ！」

翌日、学校に行く途中、俺は悠里に、今週末、悠里の家に遊びに行くことを約束していた。

今度の日曜日の話だ。日曜日には日雇いの仕事もないからだ。

「期末テストも近いし…一緒に…勉強しようか？」

悠里の家は神奈川の外れの海辺の町にある。俺が昔、住んでいた町でもある。

「不破っ、なんで私の家じゃないんですかっ。私の家に…あるいは私自身に何か悪いところがあったら、何なりと言って下さいっ。改めますからっ」

教室に到着するや否や悠里の話を聞き、俺の腕を掴んですがっているのは那智さまだ…。

「い…いや、花月、そういうわけじゃないんだ…えっと、俺、伯父の家に挨拶に行かなくちゃいけなくて…。その帰りに悠里の家に寄って行こうかと思って」

「そんで涼ちゃん、泊まってくれるんだよね。翌日、月曜日は一緒に、登校だよ♡」

悠里はスキップで俺の周りをくるくる回っている。

「このところ涼ちゃんは、森下の葉ちゃんと仲良しだったから、もう僕のことなんて忘れちやったのかと思ってたけど、そういうことじゃないんだねっ」

ああ……そういうことじゃない……。

「不破…でもあなたは、私のことは完全に忘れてますね…。私がこのところ、特別友好大使の選抜試験対策に燃え上がっていたからいけないんですね…」

花月はハンカチで瞼《まぶた》を押さえ、泣きまねをしている。この頃、踊りの稽古を休んでいるため、こういうところで演技の練習に入る。

しかしそうか…友好大使の選抜試験は今週の土曜日か…。

このところ、花月も悠里もかなり真剣に勉強してたからな…。

「いや、花月、とにかくそういう話じゃないんだ…俺、本当に伯父さんに話があって…」

以前貸した貯金九十万円の半分、いや、三分の一、いや十万でもいい…戻してもらえたらありがたいと思って…。それだけで随分、本当に違ってくるから…。

「不破…何か…あったのですか…？」

これはマズい…。花月の顔が一瞬にして曇り、俺のことを心配していた。

このままでは、俺が留学費で苦労していることに、気づかれてしまう。

「いや、だから、伯母《おば》がほら、二月に事故に遭って入院しただろ？　もちろんもう退院して、元気になったんだけど、たまにはお見舞いがてら、顔を出さないといけないんだ。だって俺、本当に色々とお世話になっているから」

それは真実でもあった。伯母さんとは、それほどいい想い出があったわけではないが、それでも身寄りのない俺を、五年間も食べさせてくれた人だ。心配でもある。

「そ…そうですか…じゃあ、不破は今週末、悠里の家なのですか…」

「なっちゃんももちろん、メンバーだよ。三人で期末テストの対策を立てようね」

「えっ！　この花月まで誘って頂けるんですかっ？　だってだって、お二人の邪魔になるでしょうっ？」

「なるわけないじゃない…なっちゃん、今更そういうこと言うの、やめてよ…。なっちゃんがいなかったら、僕、涼ちゃんと二人っきりで、緊張しまくりで、何話していいのかわからないよ…。美少年っていうのは、みんなで愛《め》でてナンボのもんだよ…（？）それに、なっちゃんがいなかったら、涼ちゃんも今イチ冴《さ》えがないんだ。なっちゃんが、入院してた時なんて、涼ちゃん、地味心に拍車がかかって、底無し沼に落ちてたからね…。そんな涼ちゃん、もう見たくないよ…」

「不破っ、そうだったんですかっ。この花月、こんな人間ですが、少しはあなたのお役に立ってるってことですねっ」

花月は俺の肩に両手を置き、ぐらぐら揺らす。

「花月…自分のことを、こんな人間ってことはないと思うぞ…。花月はいつだって、俺の…大切な…相棒…じゃないか…」

「悠里っ、聞きましたかっ？　私は不破の大切な愛人だそうですっ。この花月、喜んで悠里の家に滞在させて頂きますねっ♥」

今度は花月が俺の周りを踊りながらくるくる回っている…。

愛人じゃないのに…相棒って言ったんだよ…普通そんな大きな聞き間違いをするかよ…。

もういい…。

そんなことより…留学資金だ…少しだけでいい…返してもらえたらありがたい。

そうしたら、期末テストのためにもっと時間をさけるのだが…。

もしだめだったら…だめな時のことだ…また考えよう。

道は…いくらでもあるんだ。

俺が諦めない限り。

# 大切なこと　～What's precious as a person～

森下と一緒に働いた月曜日。火曜日。水曜日。木曜日。そこまでは順調だった。

しかし金曜は、土砂降りに見舞われ仕事ができなくなってしまった。

そして今日は――土曜日。

俺は放課後すぐにNAISのレッスンに出かけたが、余りに気持ちが沈んでいて、せっかくの英会話の授業も楽しめないでいた。

外はまた、雨だった。たぶん今晩も仕事がなくなる。

七月に入ってから、雨の降りが激しい。もちろん雨は、農作物や飲料水のために本当に大切なものだけど、今は雨が降るたびに、未来が流されそうになる。

時間がない…。

花月と悠里と森下は、今頃、学校で友好大使のテストを受けている。一次試験は筆記だ。

去年、俺が受けた時は、難解な長文が三題あった…。特にクリントン政権に関する問題は難しかった。でも俺は、どういう幸運なのか、それと同じ記事を事前にたまたま目にする機会があって、難無く問題に答えることができてしまっていた。ナイト・クラブでお客さんが置いて帰った英語版ニューズ・ウイークの記事がそのまま試験に出ていたからだ。

今年はどういう問題なんだろう…。

みんなどうしているだろうか…。頑張っているだろうか。

心のどこかで…少しだけ…ほんの少しだけ…テストを受けられる人たちを…羨ましく思っている俺がいた。

それに気づき…自分がとても恥ずかしくなる。

後悔しないはずだったのに。


「お父さんは嬉しいよ…。このところ、涼とはゆっくり話もできなかったからね」

レッスンを終えた後、画廊へ立ち寄ると、俺は田崎のお父さんと一緒に、日本料理屋さんに出かけていた。向かい合って、少し早めの夕食をとっている。

やはり雨は、止んでくれなかった。それどころかもっと激しい降りになっていた。

「涼が店で働いてないと、やはりなかなか会えないもんだね…。月・水・金の夜、涼があの店にいると思うだけで、いつでも会える気がして楽しかったんだが…。深夜の道路工事は…しんどいだろ？　涼、夜はちゃんと寝てるのかい？　それにきちんと食べてるかい？」

お父さんは訊きながら、ついしんみりしてしまう。

自分がすごく心配をかけているのがわかる。

「お父さん、俺はまだ若いですから、大丈夫です。あ、それに今、同じクラスの森下と…ほら、この間、銀座の交差点で会った…クマの着ぐるみを着てたあの彼と、一緒に仕事をしているから、結構楽しいです」

それは本当だ。仲間がいるって、心強い。

「えっ…あのコも道路工事をして働いてるのかい…。そうか…涼の友達は…みんな…えらいね…頑張ってるんだね…」

お父さんは驚きを隠せない。

「大丈夫ですよ、お父さん。俺も森下もまだ夢を食べて生きている年齢だから、何でもできるんです。あ、それと俺、気づいたんです…。今まで、月・水・金と確実に店で働かせてもらって、望めばもっと働くことも可能で…そういうことって、本当にありがたいことだったんだなって、ようやくわかった…。今、仕事をしばらく休むことになって、それまで働けることが当たり前だと思っていた自分は慢心してたなって、気づいたんです…。俺、また店で働けるようになったら、今度はそういうことをちゃんと肝《きも》に銘《めい》じて、頑張りたいって思ってるんです」

お父さんの前だと、つい素直に心に思ったことを口に出してしまう。

「そうかい、そうかい…。涼も森下くんも夢を食べて生きているんだね…。涼の夢は、まず、アメリカ留学だね…？」

行けるかどうかはまだわからないが、行ける方向でとにかく頑張ってみよう。

最悪の場合は、来学期奨学金が貰えなかった場合に貯金している、あの二十万を使えばいい…。そこまで決心は固まっていた。

「涼…前にも言ったが、その秀麗アメリカ校への留学費…どうか、お父さんに…準備させてくれないだろうか…。もちろん涼が、そういうことが嫌なのはわかっている…。涼は一生懸命働いているし、なるべく人に頼らないで生きていきたいこともわかってる。だけど、どうか、サマー・スクールだけは、お父さんに、任せてもらえないだろうか…」

お父さんはなぜか必死に懇願した。でもそんなのっておかしい。

これ以上お父さんに甘えるなんて、間違っている。

「お父さん。俺はもう、お父さんには、して頂き過ぎるほど、して頂いています。英会話学校に通わせてもらって、今夜だって、こんなに御馳走《ごちそう》してもらって、去年はあんなに高い、サン・フランシスコの版画まで頂いてしまった…。誕生日にはコタツを買ってくれて。洋服も…靴も…鞄も…時計も…。二年になってからはまた新しい参考書も…全教科揃えてくれて…。お父さん、俺、大丈夫です。サマー・スクールには絶対行こうと思っていたので、去年からお金を貯めてますから、何も心配はいらないんです…」

「でも、涼…お父さん、留学費だけは、どうしても、出させてもらいたいんだ…。それはそんなに涼の心の負担になるのかい…？」

今も、耳にこびりついている。以前、お父さんの従兄弟《いとこ》の人が、お父さんに俺のことをこう言っているのを聞いてしまったことがある。

俺は悪党だって。その辺にいる大人よりよっぽど悪知恵が働くって。このままだと、財産すべて持って行かれるよ、って。

俺はどこか、邪《よこし》まな匂いがするって。

もちろんお父さんは、俺はそんな子じゃないって、必死に否定してくれた。

でも、その従兄弟の人は続けて、こうも言ったんだ。

もうおよしなさい、見ず知らずの子にそこまで『施《ほどこ》し』をするのは。だまされているのがわからないのかって。あの子は、あなたの死んだ息子なんかじゃないって。

田崎のお父さんの本当の息子さんの名前は敦《あつし》だった。

敦くんだって、天国で心配している。お父さん、気をつけて、あれは僕じゃないですって、きっとそう言ってるって…。

たった一度しか会ったことのない人が、俺のことをそこまで言った。

結局それは、その従兄弟の人が、自分の三男を田崎のお父さんの養子にさせようとしたため、俺が目障《めざわ》りで、俺をお父さんから引き離そうとして言ったことだった。

親族にとって、素性のわからない俺は、余りにも怪《あや》しげだったのだろう。

結局、お父さんは誰からも養子は取らず、今も俺のことを大事にしてくれるが、でも…もう…もう…これ以上甘えるのは、間違っている。

そんなことはしたくない。また、誰に何を言われるのか、考えると辛くなる。

今通わせてもらっている英会話学校だって…俺にはあまりにも分不相応だ。

それに加えて、留学費まで出してもらったら、俺はもう自分が情けなくて嫌になる。

だから…。

「あの、お父さん、俺、実はもう九十万円も貯まってるんです。サマー・スクールの費用が三十五万ちょっとで、それでも五十五万残ります。あ、それと、万一来学期、奨学金が受けられなくなった場合の、非常事態用学費も二十万貯めてあるんだ…。それと、ほら、今こうして、工事現場で働かせてもらっているし…何も問題はないんです。あ、でも、お父さん、本当にありがとう。そう言って下さるだけで、俺、とても心強いし、嬉しいです」

笑顔でそう言った。俺はベツに嘘を言っているわけではない。

全部、本当のことだ。その貯めた九十万が伯父に貸してあることを除いては――。

「でも…涼…」

「お父さん、俺もう高二なんですよ。もうすぐ十七になるんです…。心配いりません」

「涼はまだたったの十六歳だよ。私から見たら、まだほんの子供なんだよ」

「大丈夫です。お父さんがそうやっていつも俺のことを心配してくれるって思うだけで、俺、すごく幸せなんです。本当に困った時は、絶対…俺…一番にお父さんに…相談…する…」

俺の決心が固いのを見て取ったお父さんは、寂しそうにため息をついた。

「そうなのかい、涼…じゃあ、絶対、困った時は、何でも私に言っておくれよ…。涼は私のたった一人の息子なんだからね…」

「お父さん…たった一人じゃないですよ…。敦くんがいますから…。お父さんが敦くんのことを思えば、敦くんはいつだって、お父さんの側《そば》にいます。お父さんが独りで寂しくないか、悲しくないか、様子を見に来ているはずです…」

だって、俺の母親がそうだ。母は形として見えなくなってしまっているだけで、何事かある時は必ず、心や気持ちみたいなものになって、俺を取り巻いて守ってくれているような気がする。

敦くんもきっとそうだと思う。いつも、お父さんのことを見守っているはずだ。

「そうか…そうだね…私には二人も息子がいたんだ…。さっきの発言は、敦に怒られてしまう発言だったね…」

お父さんは優しい眼差《まなざ》しで俺を見ると、懐かしそうに笑った。

そして俺の中に、敦くんの姿を見つけていた——。

＊

翌日、日曜日――。

梅雨の合間の抜けるような青空の下、俺は右手に飼い猫のキチを入れたキャリー、左手には伯母の好きそうな和菓子の箱詰めを持って、神奈川の海辺の町を歩いていた。

ここは俺が、小学校五年から中学卒業まで暮らした町だ。

悠里の家に行く前に、伯父の家に挨拶に寄る。

そして、すごく言い出しにくいことだが、サマー・スクールのことを素直に話してみようと思う。少しでいい二十万…いや十万でいい…戻してもらえたら、本当に助かる、と。

だめだったら、だめでいい。無理は言わないつもりだ。

お金を貸す時はあげるつもりで貸しなさい、と母が昔、言っていたことがある。

貸したと思うと返ってこない時に辛くて、相手を恨《うら》んでしまったりするが、初めからあげたものだと思えば、そんな思いをしなくてすむって…。

貸すなら、あげるつもりで…本当にそうだと思う…。

だから…こんなこと…今になって…どうやって頼んでいいのか、わからない。

歩きながら、一歩一歩、確実に伯父の家に近づいているのに、うまい言葉が見つからない。

そしてとうとう、到着してしまった…。

少し寂《さび》れた商店街の中にある、一軒の牛乳屋さん——。

店は開いているが、誰の姿もなかった。しかし仕事用のトラックは置いてある。

「伯父さん…伯母さん…誰かいますか…。涼です」

奥座敷に向かって声をかけてみたが…返事はない…。

「ごめんな、キチ、長いこと電車で揺られて、疲れただろ…もうすぐ悠里んちに行くから、もうちょっと待っててな」

俺はキャリーの中の猫に声をかけた。ミーっと返事が聞こえる。

外泊する時は必ず、キチを連れて出かける。一泊くらい、アパートに置いていても大丈夫なのはわかっているが、すごく寂しがるのだ。可哀想で、それはできない。

おかしい…誰もいないみたいだ…。

しかし、店が開いてて、いないってことはないと思うんだが…。

しようがない…菓子折りだけ置いて、帰ろう——と思ったその矢先。

「涼じゃないか…どうしたんだ…」

無精髭《ぶしょうひげ》に疲れ果てた顔の伯父が、外出先から戻って来た。見ると手には、すぐ近くのお弁当屋さんの包みがある。どうやら昼ごはんのようだ。

あれ…でも日曜日なのに…お弁当なんて買って…。いつもは伯母さんが作ってくれるはずなのに。

「ご無沙汰してます…あの…これ…どうぞ…」

和菓子の箱を差し出した。

「お菓子か…どうしたんだ…？」

じろりと見られてしまった。一瞬、縮み上がるような気持ちになる。

伯父は俺の母の異母兄だ。母はお妾《めかけ》さん側の子だったので、生涯、兄妹一緒に住むことはなかった。母の父親、いわゆる俺の祖父にあたる人は、妾宅《しょうたく》である祖母の家でほとんど生活をしていたので、妾に父親を取られたと思っている俺の伯父が、俺にいい顔ができないのは当然のことだった。

そんな人がよく、こんな俺を同じ屋根の下に、しかも五年間も住まわせてくれたと思う。

もちろんただ居させてくれたわけではなかった。毎朝の牛乳配達、家の掃除、洗濯、炊事、すべて俺の仕事となった。

しかし、そういうことが、今の俺の独り暮らしに、とんでもなく役に立っていたりする。世の中、すべてのことにちゃんと理由があるのだ。

「あの…伯母さんは…？」

「ああ…先週から、入院してな…。このところちょっと店の経営が苦しくて、スーパーのパートに出るようになったもんだから、しんどかったんだろう。倒れてしまったんだよ…」

まさか…そんなことになっていたなんて…まったく…知らなかった。

「あの、伯母さん大丈夫なんですか？　倒れてしまったって、どこが悪いんですか？」

「あいつももう更年期だし、そろそろあっちこっちガタがきてはいたんだよ。肝臓が弱ってるし、血圧も高い…。とにかく少し、食事療法をして、体を休めた方がいいって、医者にそう言われた」

「それじゃあ、伯父さん、大変でしたね…。すみません、俺、何も知らなくて」

「とにかく実際…ホント…参った…。今年はどうして、こう嫌なことが続くんだろうな…。うちにはこれといった蓄えもないし…また入院費や何やかやで、物入りになるし…まったく頭が痛い…」

昔は絶対、弱音を吐くような人じゃなかったのに、今はもう見てて痛々しいくらいに、気落ちしている。今、気づいたが…伯父さん…ものすごく…老《ふ》けた…。

「あ…あの…伯母さんの入院費って…いったいいくらぐらい…かかるんですか…。長くなりそうなんですか…？」

思わず訊いてしまった。だって、何かしないといけない。このままで帰れるわけがない。

「そんなことお前が心配しなくていい。そういうわけで、悪いな、涼、あの九十万、まだとても返せそうもないんだ…。今日は、その件で来たんだろ？」

伯父はちゃんと俺の現れた理由をわかっていた。

「いえ…あのお金のことは…気にしないで下さい。それより、伯母さんの入院費ってどのくらい、かかるんですか？　随分かかりますよね…」

「心配いらねえよ。うちにも息子は二人もいるんだ。ようやくこの頃、あいつらもバイトを見つけてきて、自分のことは何とか自分でするようになってきた…。いいことだ…」

伯父さんには現在、高一と高三の息子がいるが、俺が知っている限りでは、二人ともそれほど親孝行な息子ではなかった。

俺はなんだか心配になる。

「あの…差し出がましいのですが…二十万もあれば…足りますか…」

伯父の目が、睨《にら》むようにして言った。

「そんなことお前に頼めねえよ。もうこれ以上、借金なんてできない――。返すあてもないのに」

真っ赤な顔で怒鳴《どな》った。でも、伯父の目に涙が光っているのを見つけてしまった。

伯父の家が今、本当に大変なことになっていることに改めて気づいてしまう。

「あの…明日…二十万…現金書留で送ります…。あの、どうぞ伯母さんに、お大事にって、そう伝えて下さい…。今度、改めてまた、お見舞いに伺《うかが》います」

俺はキチの入ったキャリーをそっと持ち上げ、伯父の店を出て行った。

するとと伯父はすぐに追いかけてきて。

「涼…本当に…済まない…。いつか…必ず…返す…。本当に済まない…」

路上で頭を下げられてしまった。

絶対に俺に、謝ったり頭を下げたりしない人が、そんなことをするのを見るのは、すごく辛かった。伯父の家に行ったことは、間違いじゃなかった。行かなかったら、俺はきっとずっと伯母のことを知らずにいたんだ。

……涼…、困っている人がいたら、すぐに手を差し伸べられるようなコになってね……

母の残してくれた言葉を、今また思い出す…。

「これでいいよな、キチ…。グレイス校のことは、また考えよう…」

伯父と別れると、俺はキチをキャリーから出して、胸に抱えた。

うちの猫はこの海辺の匂いから、好物の魚を思い出したのか、しばらく満足そうに潮《しお》の香《か》を嗅《か》いでいた。

それはとても幸せそうな顔だった。

これでいいと思った――。

その日曜日――俺と花月は、悠里の家で三人、試験勉強をするという名目で、結局、たわいのないことを延々と話していたり、テレビを観《み》たり、夜の散歩に出かけたり…。とにかく難しいことは考えず、ただの高校生に戻って楽しんだ。

＊

そして週が明けて、月曜日――。

空は快晴だ。ようやく今夜からまた働けそうだった。

俺と悠里と花月は、桜井の家から登校する。悠里のお兄さんの遥《はるか》さんが、俺らを学校まで車で送ってくれたのだ。キチは途中、俺のアパートに置いて来た。

三人揃って、二Gの教室に入るや否や、担任が白衣をひるがえしやって来た。

ホーム・ルームにはまだ早い時間なのに。

「花月っ、悠ちゃんっ、森下っ、大使の一次試験合格だぞ。よく頑張ったな。先生、三人がすごく健闘してくれたから、嬉しくて嬉しくて、早く伝えたくて、飛んで来てしまったっ」

興奮状態で、鹿内先生がそう言った。

「えええええ――――、嘘みたいっ、信じられないっ、二つ目の長文で、貿易黒字がどうの

こうのっていう記事、死ぬほど難しかったのにっ！」

悠里は声が裏返ってしまっている。

花月は逆に、静かに深く息を吐いていた。大仕事を終えた後の――あまりの安堵《あんど》に声もでない状態だ。花月でもこんなにハラハラすることがあるのかと、少し意外だった。

森下も同様だった。胸をぎゅっと押さえている。しばらくしてみるみる頬が上気してゆく。

ここまで来たら、みんな二次の面接試験も合格したいところだろう。

俺としては三人とも受かってくれたら何よりだが…高等部から選ばれるのは、なんたってたったの五人だ。そのうちのほとんどが毎年、高三生である。

「とにかくみんな拍手、拍手。しかもこの三人の試験の結果は、すごくよかったんだぞ。先生、褒められちゃったよ。いやあ二Gはなかなかやりますなあって…」

言うまでもなく、クラス中、拍手の嵐だ。

体の軽い悠里においては、胴上げされている。

その姿を見て…よし…俺も…頑張ってグレイス校に行くんだって、なんだかエネルギーのようなものが湧いてきていた。

今日からまた働くぞ――。

悠里と花月と森下から、パワーを貰っていた。

# 運命の行方《ゆくえ》　～Fortune changes～

雨が降らないと、自分はついているような気分になる。
朝、土砂降りでも、夕方にはからっと晴れ上がると、益々運がいいような気がする。
月曜日、火曜日とそんな感じで過ごしてきた。
そして今日、七月九日（水）も、なんとかギリギリ、天気はもちそうだ。
今夜働けば、一万四千円×十日分で、十四万円になる。
八月四日（月）――これがグレイス校への出発の日。それまで充分日にちはある。
このまま順調に働けると、本当にありがたい。
昨日、伯父から電話をもらった。速達で送った伯母へのお見舞い金が届いたと言う。
伯母はあと十日ほど療養が必要らしい。一日も早く元気になってほしい。

「不破くん…僕…きっと…だめだと思う…」
アスファルトを切削した後の道路を、つるはしでほじくり返す森下が、ぽつんと呟いた。

「えっ…何が…？」

振り向くと——俺のヘルメットについている作業用ライトが、森下の顔を照らした。

「今日の面接…あがっちゃって…言いたいことの半分も、いや…三分の一も言えなかった…。先生方が僕に尋ねている質問の意味は、ちゃんとわかっているのに…」

今日の午後行われたのは、グレイス校への特別友好大使の二次試験——。

面接は一人対六人の面接官で行われる。六人は全員、秀麗の英会話の先生だ。

一次の筆記を合格したのが、高一で三人、俺らの高二で九名、そして、高三で十七名。計二十九名。その精鋭から、選ばれるのはたったの五人。つくづく狭き門だと思う。

「僕…落ちるなら完全に、一次の筆記の方だと思ってたんだ。会話の方が得意だと思い込んでたから。一次を合格した時は、ああ、これで大使になれるって舞い上がってしまった…」

確かに、森下の会話力は群を抜いている。さすがに英会話学校に通いつめているだけはあると、感心していたが…。そんなに面接は難しかったのだろうか…？

「でもまだ…わからないよ…発表、明日だろ…？」

「うん…でも、絶対に受かってない。受かってたらおかしい…。だって、僕、『どうしてサマー・スクールに参加しようと思ったんですか？』っていう質問、絶対訊かれるってわかってて、答えも準備してて、『英語が好きだからです』って、それしか言えなかったんだ。

頭の中では『中一の時からずっと英会話を習ってきたのだから、そろそろ本場のアメリカで実力を試してみたい』とか、『異文化に触れて、自分の固定観念を打ち破りたい』とか、『合衆国には色々な民族がいるので、彼らの画一化されない柔軟な考えを学びたい』とか…。たくさん言いたいことはあったのに…気がつくと…『英語が好きだからです』だって…。

　それを言った後は、もう自分に呆然としちゃって、その後、何を話してきたのか、よく覚えてないんだ…」

　だからなのか…今日は工事現場の仕事は休むって言ってたのに、森下は試験後すぐにここに駆けつけてきた。

「でも、まだ…本当にわからないよ…。先生方だって、普段の森下のことはよく知ってるし、そういうことも考慮してくれてるかもしれないし…な？」

　こういう時、どうなぐさめていいのか、よくわからない。

「うん…ありがと。でもなんか不破くんに話したら、すっきりしちゃった。初めっからだめだと思ってればこんな気持ちにもならないんだけど、一次なんて合格しちゃうと、つい、夢を見ちゃうよね…。でもこうなるとまた、頑張って稼がなきゃ」

　ようやくにこっと笑ってくれた。そしてせっせとつるはしを振り下ろす。

「でもな、森下…何かにチャレンジするのって、大切なことだと思うよ。結果はどうあれ、努力したことって、何ひとつ無駄にはならないからさ…」

「そうだよね…。僕、自分でも頑張ったと思う…。去年は一次も受からなかったのに、今年は受かった…。これって、目に見える進歩だよね。自信持っていいよね…」

「そうだよ。それって、すごいことだよ。森下、胸張っていいよ」

「なんか不破くんは…やっぱりスーパー・マンだな…。なんかこう、話してると、どんどんパワーが貰える。花月くんや悠ちゃんがいつも元気なのが、よくわかる…」

いや…それは違う…。パワーがあるのはあの二人で、俺は、彼らからパワーを貰っている側だ。

「じゃあ、僕、来学期も秀麗で頑張ろう。うん——。諦めないで、とにかくやってみるよ。この気持ちが大切だよね」

来学期も秀麗で頑張ろうって…ひっかかるな…もしかして、来学期はもう来ないつもりだったのだろうか？

「森下…ごめん…来学期もって、どういう意味だ？」

「あ…うん…実は僕、来学期も奨学金が貰えなかったら、もう公立に移ろうと思ってたんだ。中学時代の恩師には相談してあって、編入先の高校を紹介してもらってた」

やはりそうか…先月の中間テストの表を呆然と見つめていた、あの時の森下は、そういうことを考えていたのか。

奨学金が貰えて、特待生となれるのは、学年三番まで——。あの時の森下は六番だった。三百人中六番だなんて、もう充分過ぎるほど充分健闘した結果だが、それでも奨学金は出ないのだ。その厳しさはこの俺が一番よくわかっている。

「不破くんも知っての通り、うちはそんなに裕福じゃないだろ。中学は地元の公立校に通ってたんだけど、そこの三年の時の担任が、僕に秀麗を受けることを薦《すす》めてくれたんだ。僕は中学の時はずっと一番だったから…。秀麗には奨学金制度があるから、森下なら大丈夫だって言われて、必死に勉強して受験したら、ぎりぎり学年三位で特待扱いにしてもらった…。でもまさか、その審査が学期ごとにあるとは夢にも思わなくてさ…」

それは俺も同感だ…。入学要項を後で読んで気づいたことだった。

「でも、とにかく朝も昼も夜も頑張って勉強して、一年の一学期、二学期、三学期とぎりぎりセーフで奨学金をもらってきたんだ。だけど、先学期の学年末テストの結果がえらく悪くて、とうとう現在、高二の一学期は自費で通うようになってしまった…。不破くん…秀麗って一学期四十万円近くもかかるんだよ…」

嘘だ…じゃあ一年で百二十万もかかるのか…。

今更だが、とても俺には払いきれる額じゃない…。

「実はうちの母は…去年の六月まで総合商社で一般職の正社員として働いてたんだ。だけど、その商社が七月になって突然、一般職の女性は全員、その商社の子会社である人材派遣会社のスタッフになれって言い出した。それが嫌なら、退職だって。今なら退職金三割上乗せするからって。商社は今どこも苦しいのはわかってるけど、急すぎるよね…。派遣社員だと、若干給料は高くなるけど、賞与はないし、契約更新は一年毎。いつ首を切られてもおかしくなくて、でも結局、それしか選ぶ道はなくて、暮らしは厳しく不安定になった…。そんな中で僕が秀麗に通うのは、もう限界だと思ったんだ…」

この頃、新聞を読むと確かに、こういう話をよく聞く。新人事制度とかいう名目で、結局企業はリストラを実行しなければならないところまで追い詰められている。

人を切るか、会社が倒れるかの瀬戸際なのだ。

「母は、そんなこと気にするなって、学費くらいどうにでもするって、笑ってそう言ってくれるけど、僕自身、なんかこの頃もう精神的に疲れてしまって…。しかも中間テストは死ぬほど頑張ったのに、六位だろ…もう無理だなって思ってしまったんだ」

秀麗は確かに、東京中の選《え》りすぐりの高校生が集まって来ているから、一つでも順位を上げることは大変だ。俺なんて、いつ一位の座から転げ落ちるかと心配し続けているので、試験の前後はたいてい、胃や腸の調子がおかしくなる。

「でもさ、不破くんに仕事紹介してもらって、ああ、こうやって働けば、自費でだって通えるって思ったら、元気が出てきた。よく考えたら、夏とか冬とか春とか、まとまった休みの時は朝から働けるわけだしね…。ま…学校にバレたら、好むと好まざるとにかかわらず、退学だけど…」

森下は現在学年六位…。次、期末で一位あるいは二位を取って、その結果、中間・期末の総合平均が三位以内に入れば、奨学金が貰えるのに…。

でも、何か俺の心はめちゃくちゃ複雑になる。森下には是非奨学金を貰ってほしいが、そうなると俺の背中に、断崖絶壁《だんがいぜっぺき》が待ち受けているということもある。

「でも僕、とにかく次、諦めないで頑張ってみるよ。不破くん、次の期末は負けないよ——。一位を狙《ねら》うのは僕かもしれない。なんてね」

くったくのない笑顔で、さらりと言ってもらうと、逆にほっとする。

「悪いけど俺も、負けないよ。生活かかってるから」

俺も笑いながらシャベルで土を掘り起こすと、少し森下にぶっかけといた。

「何すんだよ、不破くん。大人気ないなあ…学年最高頭取のくせに…」

森下は森下で軍手をしているその手で、そこらへんにあるアスファルトのくずをかき集めると、俺にばら撒《ま》いてきた。こうなるともう二人で大笑いだ。

月も星も出ていないどんよりとした雲の下——工事用のカンテラが灯る大都会の片隅で、俺と同級生はしばらく子供みたいにふざけていた。

夢が、俺たちの明日を作ってゆく。

いくつになっても、生きるってそういうことであってほしい。

明日はきっと——今日より、輝いてるはずだ。

俺はそう信じている。

＊

翌朝――学校へと向かう、隣の同級生の表情は硬かった。口数も少ない。

昨夜はよく眠れなかったのか、いつもの真ん丸の目が少しだけ充血している。

「でも、僕、とにかく力は出し切ったんだ…。ちゃんと自分の言いたいことも言えたと思う。もしこれでだめでも、悔いはないんだ」

悔いがないって顔には見えないが、悠里はいつになく厳しい表情をしていた。

学校に行けば、昨日行われた大使の面接結果がわかるのだ。

「昨日、面接を受け終わった時は、ああ、僕、ひょっとして受かるかもしれないって思ったけど、家に帰ったら急に自信がなくなって…。やっぱり落ちちゃうのかな…」

元気なく、その長い睫毛《まつげ》を伏せていた。

「面接受けてる時に、大丈夫だって感じたなら、大丈夫かもしれないよ。普通、ああいう時にこそ一番自信がなくなるじゃないか…」

「うん…でも、よく考えると三年生なんて、みんな自信たっぷりだったし…。僕なんて落ちて当然だけど、それでも実際落ちたら…やはりすごくがっかりするだろうな…。でも、せめて、なっちゃんが受かってくれたら…」

ここまで言って、なぜか急に悠里は口ごもった。

「ホント…花月はどうだろうなあ…。あいつやると決めたらやるもんなあ…」

その集中力はもう普通じゃない。どこからあんな力が出るのだろうといつも不思議だ。

「でも、悠里もすごいよ。去年は一次で落ちてたのに、今年はちゃんとパスしてた。着々と目に見えて前進してるんだ。ホント、えらいと思うよ」

「僕なんか、ゼンゼンえらくないよ。涼ちゃんの方がずっとすごいし、えらい。涼ちゃんの生き方見てると、僕、自分が恥ずかしくなって、これじゃいけないっていつも思ってる」

「何言ってるんだよ、悠里…。そんなに褒めてくれたって、何も出ないよ」

「やっぱり…？　でも、とにかく、涼ちゃんは僕の自慢だし、目標なんだよ」

この同級生の笑顔が俺をほっとさせる。仕事がキツかろうと、睡眠不足であろうと、少々お金に困っていても、そんなことは別段取るに足らないことのように感じてしまう。

この悠里の明るさが、俺はとても気に入っている。

＊

二Gの教室に入ると、音もなく花月が現れ、後ろから俺に飛びついて来た。

またもや濃厚な朝の挨拶だった。すっかりもう体調は整っているらしい。

「おはよ、花月…。重たいんだけど…」

背中に張りついて離れない。しようがないので、俺も好きにさせている。

「この花月、昨日の面接でしゃべって、しゃべって、しゃべり込んできました。それはもう立て板に水のごとく、訊かれもしないことまでしゃべりまくって、気がつくと面接官六人に睨まれ、ムッとされてしまいました。ごめんなさい…大失敗です…」

ベツに俺に謝ることじゃないのに…。

そっか…饒舌《じょうぜつ》になり過ぎてもだめなのか…面接っていうのは、つくづく難しいものだ。

「でも、結果はまだわからないんだから…元気…だせよ…な?」

花月が背中からおぶさってくる時は、大抵、気落ちしている時なのだ。

この頃、そういうことが少しずつわかってきた。

本当に嬉しい時は、正面から抱きついてくる…(しかし、それもどうかと思う…)。

そんな時、担任の鹿内先生が、静かに現れた。

俺と花月と悠里と、そして森下も…同時に息を呑んでいた…。

先生のあの神妙な様子からすると…三人とも…だめだったのかもしれない…。

やはり…特別友好大使なんて…雲の上の人なのだ。

去年自分が選ばれたことは、やはり奇跡か何かの間違いだったことが、よくわかる。

「おはよう、さ、みんな席について——」

クラス中しいんと静まる。みんなも二次面接の結果が気になるのだ。

「まず、昨日行われた、グレイス校への特別友好大使の選抜試験の結果だが、これはそうとうな激戦だった。六人の面接官が、昨夜遅くまで、審議に審議を重ねた結果、五人が選出された。そのうち四名が高三から、そして高二からは一名――うちのクラスから選ばれた」

悠里も花月も森下も同時に俯《うつむ》いてしまう。三人とも自分じゃないと思っている。

「那智くん、おめでとう。よかったね。よく頑張ったね。面接官が褒めてたよ。二十分くらい一人でしゃべってたんだって…？」

「え…？　いえ…あの…そ…そうなんですか…？」

本当に選ばれるとは思っていなかったのだろう。花月はにわかには信じがたい顔をしていた。

「なんか…余りにも僭越《せんえつ》で…申し訳ありません…」

厳粛な顔でクラス中に頭を下げていた。悠里と森下にも改めて、深々と頭を下げる。

「おめでとう、なっちゃん！　よかったね！　やったあ!!」

悠里が立ち上がって一番に拍手をしていた。

ワンテンポ遅れて、全クラス・メートが祝福していた。

「よかったな…花月…しゃべり過ぎるくらいで、ちょうどよかったんだよ」

ほっとした俺も、相棒に声をかける。

「今回は残念だったが、森下も悠ちゃんもよく頑張ったそうだ。森下は少々緊張していたみたいだが、発音がとにかく綺麗で、聞き取りも抜群だったそうだ。悠ちゃんは、元気があってやる気もあって前向きで、評価が高かった。はっきり言って、面接で甲乙をつけるのは、とても難しかったそうだ。だからもう一度、一次の筆記試験に戻って、その出来をチェックして、二年からは花月を選抜したらしい。花月の一次の筆記は最高の出来だったからだ…」

するとと森下がようやく笑顔になって。

「そうですか、先生…僕、納得しました——。結果は不合格だったけど、ここまでこれて、自分なりに頑張ったって思います。緊張したのは、失敗でしたけど」

そして花月に向かってすぐに「おめでとう」、と言っている。

「先生、僕もそうです。受けること自体、おこがましいと思ってたんですけど、面接まで行けて、自分としてはすごい進歩だったと思います。大使は、なっちゃんに任せます。自分はこれでがっかりしないで、もっと英語の勉強を続けていくことにします」

悠里は、すがすがしい笑顔でそう言い切った。

俺の友達はみんな、すごい、と思った。

みんな、未来しか見つめてない——。

俺ももう、前しか見ないことにする。

＊

放課後、慌ただしく鞄に教科書を詰めていると、花月が何か言いたそうな顔をして、俺の側をうろうろしている。

「えっと…不破は…これから…仕事に行くんですよね…」

森下が廊下で俺を待っている。学校からそのまま二人で工事現場へと向かう予定なのだ。

「どうした…花月も一緒に働くか…？」

大使になったっていうのに、今日の花月は何か言い出せそうで言い出せない、ずっとそんな様子が続いていた。

その花月の後ろには、悠里が立っている。やはり何か言いにくそうな顔だ。

「何…二人とも…なんか話があるんだろ…？」

「あの…実は大使の件なんですけど…。私としては…あれは、自分と涼ちゃんで、取ったと思ってます…」

花月は何が言いたいんだろう…。そして一気に話し出す。

「昨年…不破は…大使の権利を来夏さんに譲って…結局、もう二度と大使には選ばれなくなってしまいました…。でも、そんなのっておかしいと思うのです。ＯＢ会がどう決めようとも、不破はグレイス校に行くべき人間です…。だから、その権利は、私が…あるいは、悠里が、今度こそ勝ち得て、不破と分かち合おうと決めてたんです。二人で選ばれれば一番いいし、それが無理なら、一人でもいい…。そう思って、この数週間、私たちは選抜試験のみに集中して勉強してきました。不破のことがなければ、こんなに勉強しませんでした。だから、この権利は、不破と分かち合いたいと思います」

「何言ってるんだよ、花月。何だかわからないけど、気持ちはありがとう。でも、去年のことはもういいんだよ。そんなこと花月や悠里が気にしなくていいよ。あれは俺が勝手に決めたことなんだ。それに関して俺は、後悔してないし、OB会との取り決めも納得している。ごめんな…俺、なんか、二人にヘンな気を遣わせたんだな…」

「いえ、不破、お願いします。三十八万二千円の半額、十九万一千円ずつで、私とサマー・スクールに参加しましょう。ずっとそのつもりで考えていました。選ばれてもいないのに、そんなことを前以《まえもっ》て不破に言うのも筋違いだと思っていたのです…。だってほら、書店くじであてたロンドン旅行だって、二人分のチケットを三人で頭割りしたではありませんか。金額の足りないところは、各自で補って…」

なんか花月は誤解している。今回俺はそんなものをあてにはしていない。

「花月、気持ちは本当にありがとう。すごく嬉しいし、何と言っていいのかわからないけど、でも…それは俺としては、ちょっと違うと思う…。ごめんな――」

これは花月が俺に同情してやったことだとは思わない。きっとOB会への憤りがあって、

考えたことなのだろう。

でも去年は去年のこと。今年は今年。それは別問題。一緒にしてはいけない。

しかもロンドン旅行のペア招待券を三人で分けたこととは、根本的に意味が違う。

「花月…俺、今年の選抜試験、受けても、受かったかどうかわからないよ。昨年はたまたま知ってる記事が長文に出たんだ。運が良かっただけなんだ。全部が実力じゃない。それは前にも言ったろ」

花月を傷つけないように、断らなければいけない。

「でも不破、知ってる記事が出たって言っても、普通高校生は、英語版ニューズ・ウイーク自体読んだりしません。あなたはその雑誌を家に持って帰って、辞書を引きながら、全部自分で訳したのでしょう？　そういう努力がある人こそ、大使に選ばれて当然なんです」

「そう言ってくれて、ありがと…。でも…心配しないで…。俺…貯金もあるし…今もこうして働いているし…三十八万二千円だっけ…安くはないけど、自分で払えるから」

「違います、不破、お金のことじゃないんです。私は昨年の大使のあなたと、今年の大使を共有したいんです…でも…私は、このことをあなたに上手《うま》く言えない…。どう言ったら、わかってもらえるのか、よくわからない…。でもわかってもらいたい…」

花月はすごく悲しそうな顔をした。

俺がどうしたって断るのがわかってしまったからだ。

「わかった、花月。本当にありがとう。花月の気持ちは全部受け止めたから…もう、この話は、やめにしよう？　ごめんな、俺、もうそろそろ行かないといけないんだ。現場、五時からだから、それまでに夕飯も済ませておかなくちゃいけなくて…」

廊下では森下が、時間を気にしていた。

「あ…ええ…そ、そうですね…ごめんなさい…引き留めてしまって…。わかりました。すみません。不破…、私は、なんか、ホント…上手く言えなくて…でもどうか、気を悪くしないで下さい…」

相棒は必死に、大人の笑顔でそう言った。

だけど、気の毒なくらい動揺させてしまっているのがわかる。

気持ちは本当にありがたいけど…俺にはどうしてもこういうことは、受け入れられない。

花月の優しい気持ちを踏みにじっても、守りたいほどのこの――どうにもならないプライドの高さに、自分自身、時々耐えられなくなる。

でもどうしたって、自分の荷物を人に背負わせるなんて嫌だった。

俺は…後もう少し…ぎりぎりまで…頑張って…頑張って…頑張り抜きたい…。

ただ、それだけのことなんだ。

だけどそれはどうして、こんなにも友達を心配させることになってしまうのだろうか。

# 時計の砂が落ちる時　～When time is up～

来週月曜日、七月十四日から、期末テストが始まる。俺は一か八かの賭けに出ていた。

今日は七月十一日、金曜日、試験三日前。天気は薄曇り。

雨が降らない限り、今夜も働くつもりだった。

森下はさすがに、今日から仕事は休みだ。働きたいのはやまやまらしいが、奨学金も狙わなくてはならず、慌てて家に帰って行った。一分も無駄にできない様子だった。

彼には時間がないのだ。

そして、俺にも時間はなかった。今日、明日土曜日と働いて、まだ十八万二千円にしかならない。もちろん、出発までには、なんとか三十八万二千円は作り出すだろう。

でも、俺はバカだから、その前に留学費用の振り込み期限が来ることをまったく考慮に入れてなかった。振り込み期限は、なんと七月の二十一日（月）だ。それまでに毎日働けても、まだ二十六万六千円にしかならない。

その他に六月に店で働いた分が、辛うじて八万円近く残っている。それはもちろん、生活費だが、それを足して、それでも三十四万六千円なにがしだ。

目標額の三十八万二千円まで、あと三万六千円だ。

どうしよう…日曜日にも働ける工事現場はないだろうか…監督に探してもらおう。

そうすればきっと、間に合う。


「えっ…不破、どうしてっ、今回はもう一緒に、期末の勉強はできないんですかっ？」

放課後、そそくさと帰ろうとすると、花月に呼び止められた。

悠里も心配そうな顔で、俺を見ている。

「うん…ごめん…今回は俺…ちょっと一人で勉強する…今回だけ…ごめんな…」

二人ともきっともうわかっている。俺が今夜も仕事に出ることを。

だから、深く尋ねない。でも、悲しそうな顔で俺を見ている。来学期の奨学金を心配してくれているのだ。そんなに働いてばかりだと、順位が落ちてしまうと。

「涼ちゃん、ゼッタイ、ゼッタイ体壊したらやだよ…試験勉強…頑張ってね…。涼ちゃんだったら大丈夫だよ。なんたって頭の中がコンピューターみたいになってるから…」

もう俺のことを止められないと思った悠里は、無理やり笑顔でそう言った。

「じゃ、俺、帰るな…ごめんな…」

慌てて教室を飛び出して行った。片手にはもう単語帳を握りしめている。

少しの時間でも勉強にあてるようにする。

大丈夫だ…一学期全教科の予習は、もうほとんどその前の春休みの段階で終えているんだ。試験前に少々働いたくらいで、成績なんて落ちない。そんな勉強の仕方をした覚えはない。負けたことなんて、一度もないんだ。

栄養のあるものを食べて…働こう…雨が降ってないなんて…ラッキーだ。

雨が降らない限り…夢は流れたりしない。

これは最初で最後の賭けになるだろう。


その夜、曇り。現場で働く。翌日土曜日、時々小雨がパラつく程度。工事は施工された。

日曜日、現場監督に頼み、郊外に急ぎのマンションを建てている建築現場へと回してもらった。日曜日に朝から働けるなんて思わなかったので、とにかく嬉しかった。

同日曜日、夕方には家に帰り、すぐに試験の勉強をした。

明日からとうとう期末テストが始まる。

月曜日の時間割は現国、物理と日本史だった。物理と日本史はいいが、現国は自信がない。

ああいう答えがひとつにならない問題が一番苦手だ。

その月曜日、午前中で試験を終え、すぐアパートに戻り、机に向かう。夕方仕事に出かけるまで、三時間ほど集中して勉強した。

翌日火曜日は、化学・英語・数IIのテスト。好きな教科なので、たぶん大丈夫だ。

夕方、また小雨が降ったり止んだり。しかしその程度なら工事は施工される。ありがたいと思った。

その夜、アパートに帰ったら、目が霞《かす》んだ。疲労がたまってるのが、わかった。

それでも明日の三教科の勉強をする。明日が最後なんだから、もう一晩くらい無理できる。

明けて水曜日。数Bと生物と英文法。数学は大丈夫だと思う。英文法も問題ないと思う。

生物は…ところどころ難しかった。でももうこの時、俺にはそれに関して落ち込む元気もなかった。肉体が限界まで来ていたからだ。

どうして、ここまでしたのか…わからない…。

来学期の奨学金が…貰えなくなるかもしれないというのに…。

俺は…どうして…ここまで…サマー・スクールに拘《こだわ》ったのだろう…。

自分で…自分の…考えていることが、わからなくなっていた。まるで意地になっている。

アパートに帰って、夕方までひとしきり眠った。

それはもう深い、深い、眠りだった…。

目が覚めて、ぼんやり台所のテーブルを眺めると。立派な三段重ねのお重に、ぎっしり、御馳走がつまっていた。その横には、桃やらバナナやら小玉スイカやら…綺麗に並べられていた。キチには、上等なマグロの水煮缶…。

そして二枚のメモ書きが残されていた。

少しは精のつくものを食べて、頑張って下さいね。

あなたが体を壊すと、私は悲しいですよ。

これは花月からだ…。

もう一枚は。

涼ちゃん、よく寝ているようなので帰ります。僕、出世払いにしてもらって、サマー・スクールに参加することにしました。ごめんね、まだまだすねかじりで。でもいつかきっと、親に返すつもりです。じゃないと涼ちゃんに恥ずかしいから。

そんなこと…気にしなくていいのに…。悠里はあんなに頑張ったんだから、胸を張って行っていいんだ。だってもう来年にはサマー・スクールはないのだから。

二人の持ってきてくれたお弁当に手を合わせ、箸をつけると――。

とたんに涙が溢《あふ》れてしまった。

自分で起こした行動なのに、ずっととても孤独だったことに気がついたからだ。

だけど、もうすぐ…きっと…もうすぐだ…。

この暗闇のトンネルを抜けるのも。

*

その翌日――俺は呆然と期末テストの結果表を見つめていた。

5位　不破涼（867）とある。

この気持ちはいったい、どう表現したらいいのだろう。言葉にならない…。

自分で蒔《ま》いた種なのに…。

このくらいのこと簡単に予想できたのに…。

ものすごいショックだ。

俺の横で、悠里や花月が何か声をかけてくれているのがわかるが、聴き取る力もなくなっている。

俺は…五位に落ちたんだ…。

俺なんて、勉強時間が減れば、すぐに順位を落としてしまうことがハッキリした。

そのすぐ近くで、俺と同じように呆然と立ち尽くしているのは、森下だった。

彼の複雑な表情が気になると、人のことにも気を配る余裕が生まれ、改めて結果表を眺めてみると。

なんと――。

1位　花月那智（874）
2位　城田咲《しろたさき》（872）
3位　森下葉（870）
4位　小田原憲治《おだわらけんじ》（868）
5位　不破涼（867）

みんな…ほとんど…点差がなかったことがわかった…。

ほんのちょっとのことで、こんなに順位が開いてしまうなんて…。迂闊《うかつ》だった…。

「すごいな…花月…一位じゃないか…やったな」

ようやく隣にいる相棒に声をかけることができていた。

「何を言ってます。私と涼ちゃんの点差は七点しかないのですよ。中間、期末の総合平均点を出せば、涼ちゃんはやはり学年一番なんです。働きながら、よく頑張りました」

花月が俺の肩をポンと叩いてくれる。

「そうだよ、涼ちゃん。今回の期末はめちゃくちゃ難しかったんだよ。平均もすごく低いし、そんな中、涼ちゃんは働きづめでろくに勉強できなかったのに、すごいよ。もう誰も、涼ちゃんに適《かな》わないよ…」

二人はそれぞれ『働く』という単語だけ、ものすごく小声で言ってくれた。

やはり俺が毎夜工事現場に出かけていたことはお見通しだったのか…。

でもまあ…なんとか…奨学金は貰えそうなので、ほっとしたが、しかしやはり非常に複雑な気持ちだ。俺は勉強時間が足りなければ、いくらだってミスをするということだ…。元々頭がいいわけではない。

ああ…そんなことより、森下だ…あいつ、すごく頑張ったけど…三位の870点では、どうなのだろう。中間・期末合わせて…総合三位は無理なのだろうか…。難しいところだ。

その森下に声をかけようとした瞬間、彼はもう職員室に駆けて行った。

俺もすぐに後を追った。

そして、彼は鹿内先生に尋ねていた。俺はそっと近づいていく。

「森下。よく頑張ったな…。中間846点と、期末870点を合わせて1716点。それを2で割って、858点だろ…これで総合学年四位になる…けど…これなら大丈夫だぞ…」

先生はノート型パソ・コンのキー・ボードを叩き出す。

大丈夫ってどういうことだ…？　四位じゃ奨学金は出ないだろ？

「あ、不破もいたのか。不破、お前どうしたんだ、今回五位だなんて珍しいな。気ぃ抜いたのか？　でも大丈夫だぞ。前回が895点の今回が867点で、881。結局トップな」

そんなことより、さっき先生が言った、大丈夫っていう意味がわからない。森下の表情は依然硬い。

「花月が中間871点の、期末874点で、平均872・5これで総合学年二位。でも、花月は特待扱いにならないから、森下が繰り上がって、奨学金が来学期受けられる…と。よかったな」

先生は森下の肩にポンと手を置く。

「どうしてですかっ？　花月くんが、特待扱いにならないってどういうことですかっ」

森下がびっくりして訊いていた。それは俺も同様だ。

「あのね、親御さんの年収が一千二百万円を超えると、奨学金はご辞退して頂くことになっているんだよ。だって、ほら、それだけの収入があったら、奨学金がなくたって、充分子供は育てていけるだろ？　やはりこういうのは、それが本当に必要な生徒に回されて、有効に生かされるべきだから…」

だからなのか…そういえば入学要項には、伯父の年収を書き込む欄があった。

だけど花月…そんなこと一言も俺に言わなかったじゃないか…。

でも、ずっと奨学金は貰ってなかったんだ。

「実は、今回二位の城田咲もそうだよ。城田んちはでっかい病院やってるから、当然、奨学金が必要だっていう家じゃない。だから、今回は花月と城田を抜かした五位までが、特待扱いとなっている。学校っていうのは、ちゃんと色々考えてあるんだよ」

「そ…そうだったんですか…よかった…僕…これで…また…しばらく…秀麗に通える…」

森下の瞳から、一瞬にして涙がぽろぽろ零れてきた。

「よかったな…森下…お前、頑張ったもんな…。また、来学期、一緒に頑張ろうな…」

俺は花月と城田の家族に、素直に心から感謝した——。

＊

放課後、何か晴れ晴れした気持ちで、また、森下と現場に出かける。

「仕事復帰って、久しぶりだから、なんか腕がなるな…。不破くんもそうだろ？」

駅へ向かう途中、森下がにこにこそう言った。

彼は、俺が試験前も、試験中も現場で働いていたことを知らない。

「実は僕、今週で貯金が約三十五万になる予定なんだ。もうほとんど、サマー・スクールの費用はできてる。そんでさっき、母親に電話したんだ。来学期も奨学金貰えるって。そしたら、電話口で泣かれちゃった…」

泣くだろうな…それってすごく親孝行な話だ…。

「不破くんはさ、もちろんサマー・スクールに行くよね…そのためにバイトしてたんだよね」

「あ…ああ…でも行くかどうかは…まだ…わからない…」

来週月曜日までに三十八万二千円作れるかどうか、自信がない。

「ええ…？　じゃあどうして、バイトなんてしてるの…？」

「あ…あのさ…俺、実は、学校の近くに独り暮らしをしてるんだ…。神奈川の悠里の家の近くに住んでるっていうのは、嘘なんだ…。ごめんな…。家から余りにも遠いから、アパートを借りるしかなかったんだ」

いつも工事の仕事が終わると、別々のバンに揺られて帰るから、独り暮らしのことがバレずに済んでいたが、でももう森下には、あまり隠し事をしたくなくなっていた。

だって彼はもう俺の友達なんだ。

「そっか…なんだ…それでバイトだったのか…なるほど…ようやくわかった…。不破くんはやはり親孝行なんだな。そうだよね、都会の独り暮らしって、すごいお金がかかるもんね…。そっかそっか…。言ってくれればいいのに、そんなこと。あ、大丈夫だからね。僕、こう見えても、口は堅いから安心して。誰にも言わないよ」

今、自分には親がいないことも言うんだ。

今しかない。何てことじゃない。今、言うんだ。今言わなければ――。

「しかしえらいなあ…ご両親にとったら、めちゃくちゃ自慢の息子だね。だから、あのお祖父ちゃんも、不破くんのことが可愛くて仕方がないんだ。独り暮らしなんて、心配だよね」

喉《のど》まで出かかっているのに、言えない。こんな簡単なことが、なぜ言えない。

俺はこの期に及んでまだ、自分の境遇を彼に話せない。なぜなんだ――？

「そうだ、不破くん。仕事の前に、僕、今日は奢《おご》るね。と、言っても牛丼《ぎゅうどん》だけど、いい？　バイトを世話してくれたお礼と、風邪ひいた日、家まで連れて帰ってくれたお礼、まだ、何もしてなかったから。あっ、そうだ、それで思い出した。これ――母から」

森下が学生鞄の中から、何やら取り出した。

それは厚さ一センチほどあるA４判の英会話のテキストだった。

「え…何これ…『留学のための英会話Ｉ』…？」

「中にテープ二巻も入ってるからね。聴きながら勉強して。これ、実はうちの母が働く商社で扱っている教材なんだ。僕も昨日、もらったところ。すっごく面白いよ。よくできてる」

「でもこういうのって…すごく高いんだろ…？」

パラパラ中をめくると、絵や写真が豊富に使われており、内容も盛りだくさんだ。

あ…定価四千八百円とある。やはりすごく高い…。

「母は社内販売でこれ買っているから、ものすごい割り引きしてもらってるんだ。だから気にしないでいいからね。これ、母からのお礼だから。Ｉをマスターしたら、今度はIIを持って来るよ」

「い…いいよ…そんな…悪い…」

「いいんだって。母は不破くんのこと、すごく気に入ってしまって、今度、是非、ご飯食べに来てって、言われてるんだ。とにかくこれ、プレゼント」

「い…いいのか…？」

「いいよ、いいよ。奨学金獲得祝いだよ。不破くんのお陰だよ。僕、ものすごく励ましてもらったから」

「そんなことないよ。俺も森下には励まされた。一緒に働いてくれて…楽しかったし…」

「また、二学期もちょくちょく働くよ。この仕事だったら、ヘルメットかぶってるし、人から見られてもわからないし、大抵、地面の下にもぐってるし…ふふ」

森下のこの…裕福でなくても…決して悲愴感が漂わない性格は…きっと…あの優しい母親がいるからだろうな…。

「不破くん、じゃ、行こう、行こう。ただの牛丼じゃなくて、スペシャル牛丼にして、卵もつけるよ。僕、実はおいしい牛丼屋さん知ってるんだ」

俺は笑顔で頷いていた。そしてそのテキストを大切に鞄にしまった。

＊

「へーえ、確かによくできてる…。面白いな…。留学のための英会話テキストなんて、今まで本屋さんで見たことがなかった…」

森下の連れて行ってくれた牛丼屋さんは、これから寄る下請け工事会社の事務所近くの駅前にあった。人通りのある道に構えられた店なので、カウンターは満員だ。店内には高校生らしき女のコの姿もちらほらある。こういうところに女のコが入るのは非常に勇気がいることだと思うが、二、三人で来ているから平気みたいだ。みんなはしゃぎまくっている…。

牛丼屋さんなので、まあ五分も待てば、座れるだろうと、森下と俺は入り口に立って待っている。俺は先程のテキストをぺらぺらとめくっていた。

「ふーん、ホーム・ステイ先の家族に、日本の町をどうやって紹介するかまで、書かれてある。そうだよな…グレイス校に行ったら、あっちの生徒に、自分は東京のどんな町で暮らしているか、訊かれるだろうな…」

こういう教材が大好きな俺は、ついつい、テキストを読み耽《ふけ》ってしまう。

「シューレー？　オレ、知んねーよ、そんなダッセー、ガッコ。ガキ」

「えー、だって、アタシ、あそこの制服知ってるよぉ。やっぱ、読むもんも違うっしょ。留学だって…カッコE、二人とも、チョー美形だしぃ」

「くっだんねぇ…なんだよ片方のヤツ、今オレに眼《ガン》タレやがった。あいつ、ダッセーくせに生意気にカラ・コンしてんのかよ。目がコバルトに光ってやんの、チョー生意気。一回シメたろか」

なんかガヤガヤ、うるさい店だな…。しかし俺は、かまわずテキストに目を落とす。

何なに…日本の文化を説明するっていう章がある。えっと…歌舞伎《かぶき》に…相撲《すもう》に…京都…。

そうだよな…こういうこともきちんと説明できると、会話も盛り上がるだろうしな…。

「不破くん…ごめん…今日、この店、雰囲気悪いよ…出よか…」

急に森下が不安げに俺の腕を引っ張る。

「え？　な、なんで…もうすぐカウンター空くだろ？」

「うん、でも、あそこにいる高校生の男女が、さっきから僕らのこと、見ててさ…。僕、さっき目が合って、眼つけられちゃったみたいなんだ」

ああ…あの女のコたち…隣に連れがいたのか…みんな私服だからよくわからなかった。

俺もその、男女とりまぜて五人ほどのグループをちらりと見ると。

「きゃあ、ほら見て、彼やっぱ、リツコ好みってカンジだよね…。リツコ超美形狙いだから。きゃはは…。ちょっとケータイでリツコ呼び出してみよっか」

「うっせーんだよ、おめえら。オレの前でリツコの話、すんじゃねーよ。あいつドサイテー。オレに三股かけやがった。あの女、そういえば、あそこに立ってるクソガキみてえな、過保護で金持ちのタラシ系が好きなんだよなあ。バッカじゃねーの」

過保護で金持ちか…人を見る目がないな…。ベツにいいけど…。ところでタラシケーって何だ…？

「不破くん、行こうか。牛丼屋さん、もう一軒知ってるから」

森下は、最後に彼らを睨んだ。

「そうだな。ちょっと騒々しいし、行こうか…」

一歩、外に踏み出そうとしたその瞬間――。

頭を金に脱色している、中でも一番やっかいそうな男子高校生が――。

「逃げんのかよ、ターコ！　タコのくせに、生意気にカラ・コンしやがって、てめえ外人きどりかよっ」

カラ・コンって何のことだよ。カラー・コンタクトのことか？　え…森下の目が時々、少しコバルト・ブルーに光るからか？

「さっきから、うるせえな、タコはてめえだろっ！　てめーこそ、日本人のくせにパツキンに染めてんじゃねーよっ！」

まずいっ、あのおとなしい森下が――切れたっ。

しかし、あっちも同時に切れていた！

そいつは瞬時にして、飲んでいたコーラの瓶《びん》を、俺ら目がけて投げつけてきたからだ。

その瓶は俺らの横をかすめて…店の窓ガラスを…。

ガシャーン――。

粉々に砕《くだ》いてしまった。

# 十六の夏は二度と来ない
## 〜Anyone can enjoy the 16th summer only once〜

その五人の高校生らは、あっと言う間に、逃げてしまった。

あっけに取られた俺たちは、言葉も出ない。

「おい、おい、またかよ…冗談じゃねえよ。お前ら、店ん中で喧嘩《けんか》なんてしやがって」

体格のいい若い店主が、俺と森下の腕をぐっと摑んで離さない。

「俺たちは、関係ありません。あっちが勝手に絡《から》んできて。ビンを投げてきたんです」

俺は必死に説明した。だけど、とても聞いてくれる雰囲気ではない。

「お前らこれ何枚目だと思ってるんだよ。ついこの間もこの近くの高校生が喧嘩して、割って逃げてったところを、ようやく直したんだよ。これ一枚二十八万円もするんだ。ウソだと思うんだったら、請求書を見せてやってもいいぞ。とにかく弁償してもらおう。それとも警察を呼ぼうか？」

何で俺たちなんだ…？　警察なんて呼ばれたら…学校に通報されて…問題を起こしたと思われ、俺も…森下も…どうなる…？

それに伯父にこのことが知られ、また迷惑をかけてしまう。

第一、二十八万なんて……そんな……大金……出せない……。

「ビンを投げてきたのは、あっちです。僕らじゃありませんっ」

森下も必死に説明するが。

「お前が最後にアイツら挑発したろ、そんでこんなことになったんだろ。違うか？」

「それは言いがかりですっ。喧嘩をしかけてきたのは、あっちの方です。僕らはここでカウンターが空くのを待っていたっ」

「あっそ。弁償できないなら、悪いけど警察に電話させてもらうわ。そんで親御さんに来て頂いて、学校に連絡させてもらって…えっと…どっかの名門校の制服だよな、オタクら」

だめだ…逃げられない…制服ですぐに身元はバレてしまう。

悔しい…俺らが無実だって知ってて、こんなことを言う…。

「弁償、弁償って…俺らがやったことでもないのに…罪《つみ》を着せて。あなたは騒動をずっと見ていたくせに、あいつらに注意さえしなかった。そんなことより、とにかく誰でもいいから、関係者の中から罪人を作っておかなければ、弁償させられないからって、俺らを捕まえて、警察だとか学校だとか親だとか脅《おど》して。二十八万ですか？　結構ですよ。一時間以内に用意します。その代わりあなたは、その直って綺麗になった窓ガラスを眺めて、これから先ずっと、俺らに罪を着せたことを思い出すんでしょうね。それは綺麗になったガラスとは対照的に、それほど気分のいいことじゃないと思いますよ。店を荒らされたことは気の毒に思いますが、その前にあなたは、あの高校生らをまず捕まえておくべきだった。逃げる罪人はまったく追わず、逃げなかった被害者であるはずの俺らをまず捕まえたんだ。あなたは、楽な方法でしか問題を解決させてないいんだっ」

俺は一気にまくし立ててしまった。このくらい言わなければ、悔しくてたまらなかった。どうせ、弁償させるつもりなのだろうから。

「ガタガタ言ってんじゃねえよ。お前らが喧嘩なんかしなきゃ、ガラスだって割れなかったって言ってんだろ？」

「不破くん…もういいよ…僕、家に帰って、お金持ってくるから…」

森下の声が悔しさで震えていた。

「いいよ、森下。俺、今、お祖父さんの家に行ってくるから。事情説明して助けてもらう。すぐ戻るから、ここで待っててくれるか？」

俺は同級生の肩を叩いて、自分のアパートへ、ひた走った。

冷蔵庫にしまったノリの缶の中に、お金が三十二万ほど入っている。

工事現場で働いた十七日間分が二十三万八千円と、先月、店で働いた分が八万ばかり。

それで三十一万八千円。

俺はその中の三十万円を握りしめ…また、牛丼屋へと走った。

缶の中には一万八千円、残っただけ。

そして今、手元にあるのは、二十八万プラス消費税まで搾《しぼ》り取られた後の、二十九万四千円の領収証。窓ガラス破損代として、とある。ふざけんな…だ…。

俺と森下は、とぼとぼ町を彷徨《さまよ》う。もう仕事に行く気もしない…。

「不破くん…本当に…ごめんね…僕が牛丼屋さんなんかに誘うからいけないんだ…」

森下はさっきからずっと自分を責めている。

「お金、絶対返すから…本当にごめんね…僕…あんなこと言わなきゃよかった…。でも、悔しかったんだ。ああいう風に目の色のことを言われて、父親のことをバカにされたような気がして…我慢できなかった…」

「いいよいいよ、気にしないで。うちのお祖父さんが出してくれたんだから、心配ないよ。言ったろ、祖父は裕福だから、三十万くらい何でもないんだ。それより、学校に通報されなくて、助かったよ、な？　俺ら特待生だから、心証悪くできないからな…」

「そういうわけにはいかないよ…僕、弁償しなくちゃいけない…」

「いいって、祖父は子供からお金は受け取らないよ。だからもう、そんなに落ち込むなよ」

「でも、お願い…半分だけでも弁償させて…。じゃないと僕、辛くて、この先、不破くんに顔向けできないよ…」

　でもそしたら、森下はサン・フランシスコに行けなくなってしまう。せっかく、目標額に達しつつあるのに…そんな可哀想なことはできない…。

　でも払わせないというのも、すごい心の負担になるだろう。それは決して森下にとって嬉しいことではない。俺が逆の立場だったら、やはり嫌だ。

「じゃあさ。その半分のえっと…十四万七千円…在学中に、ちょっとずつ返してくれればいいよ。それだったら、森下もそんなに負担じゃないだろ？　一月、一万円ずつ、とか。無理な時は翌月、とか…」

　森下の綺麗な目からぽろぽろ涙が零れていく。

「それでも…いい…？　そうしてくれると…本当に助かる…。だって…僕…どうしても…この夏は、サマー・スクールに行きたくて…ごめんね…本当にごめんね…」

「いいよ、こんなことで泣くことないよ、森下」

　森下が悪いんじゃない。これは、たぶん、俺が、無理に無理を重ねた結果だ。

　この時ようやく、わかった。

　分不相応なことをしていると、やがて、どこかに破綻《はたん》をきたすってことが。

　神様は俺にそれをずっと言いたかったのだ。

　俺はそれに気づかずに、無理を押し通してきた。

学校に通えるだけでよかったのに。奨学金までもらっていたのに…。

俺は色々なことを望み過ぎた…。

ここに来てようやく——諦めがついた。

肩の荷が降りたように——なぜか——急に——楽になる。

随分、時間をかけてしまったけど——これが俺の夢の終点だった。

＊

不思議なことに、次の日から、俺はママのお店に復帰していた。

昨夜電話をもらって、例のオレンジ・コンピューターのVIPの人たちが、すべて、シリコン・バレーに帰られたことを知らされる。

たったの三週間、店を離れただけなのだが、なんだか三年くらいの色々な経験をしてしまったような気がする。

「よかったね、涼、またお店に戻れて…。三週間、よく頑張ったね…」

俺の最初のお客さんは、田崎のお父さんだ。

「これで少し、時間ができるので、俺、また『NAIS』に通えることができます」

セミ・プライベート・レッスンはいつでも受けられるのだが、チケットは決められた期日までに消化しなければいけない。期限切れになって、チケットを無効にしてしまうなんて、お父さんに申し訳がない。それがずっと気になっていた。

働きづめで、このところまったく通えなかったのだ。

「そうだ涼、サマー・スクールの準備は進んでいるかい…？」

お父さんはまだ、そのことを心配していた。

「実は、お父さん…俺…今年は行かないことにしたんです…」

「どうしてなんだ？　あんなに楽しみにしてただろ？」

お父さんは驚いて、つい大きな声になっていた。

「期末テストの結果が…五位に落ちてたんです…。それでもなんとか来学期の奨学金は頂けますけど、俺…すごいショックだったんです」

これは本当だ。確かに試験勉強をする時間は少なかったが、それでも五位まで落ちるとは思わなかった。

「それで、この夏は、二学期の勉強を前以《もっ》て全部カバーしておこうと思うんです…」

「何言ってるんだよ、涼。五位だって、充分すごい結果じゃないか。それに涼、アメリカで勉強してくることも、大切なことだよ。違うか？　それとも、他に何か理由があるんだったら、お父さんに言っておくれ…。この前、涼は言ったよね。何かあったら、一番に私に相談してくれるって…」

懇願《こんがん》するような言い方だった。

期末の結果が悪かっただけで、俺がサマー・スクールをやめるとは思っていないのだ。

俺はこの一瞬、何もかも話してしまいそうになる。

でもいけない…こういうことで甘えたら…俺は本当にだめな人間になる。

そしてまた色々な人に色々なことを言われるのだ。

「だから…来年…必ず行きます…。今年はとにかく、反省の夏です…。二学期はやはりまた一番になりたいから…。俺…ホント…どうしようもなく…負けず嫌いで…自分でも困ってしまいます…この性格…」

「でも…涼…来年は…受験生だよ…今年行っておいた方がいいだろ…？　来年の夏はもっと勉強が大変だろ？　そうじゃないか…？」

それもわかっている…。だけどもう俺にはどうにもできない。

「お父さん…ごめんなさい…俺、もう…決めたから…」

これ以上言うと、涙が零れそうになる。

お父さんは俺の固い決心を見抜いたのか、いつまでもいつまでも、寂しそうに水割りをかき回していた。

＊

そしてとうとう、出発の日がやってきた。

八月四日（月）18時ジャスト、日本航空002便サン・フランシスコ行きが飛び立つ。

朝、生物の課題を終え、昼食後、特に何もすることのない俺は、洗濯機に洗剤をほうり込んでいる。足元にはキチがじゃれている。

「なあキチ、洗濯が済んだら、後で公園に散歩でも行くか？　外はいい天気だぞ…」

入道雲の沸き上がる青空が窓の外に見える。

きっとカリフォルニアもこんな天気だろう。

キチは元気よく、ミーっと返事をしている。

ふと見ると洗濯機の蓋《ふた》に、以前撮った小さなシール写真が貼られていた。たぶん悠里がいたずらしたな…。これも青空を背景に白い雲がぷかぷかと浮かんで…三人…笑ってる…。

「あのな、悠ちゃんと、なっちゃんは、今晩、アメリカに発《た》つんだぞ。ほら、俺の部屋にあるあの絵と同じ風景の街に降り立つんだ。綺麗な港町なんだよ…」

キチは俺のジーンズの裾から、肩まで上って来る。

この猫は、まるで俺の言うことがわかっているみたいに、聞いてくれる。

「おなかすいただろ？　ミルクでも飲むか？　外は暑いもんなあ…。今日は三十二、三度くらいいきそうだなぁ…」

しばらくキチの頭を撫ぜてやる。

こういう時、この猫がいて、本当によかったと思う。


洗濯機はひとまず放って六帖間に入ると、なぜか胸に抱いたキチが俺の頰をなめていた。寂しくて殺風景な部屋なのに、壁には一際《ひときわ》輝く、サン・フランシスコの絵。あの海がサン・フランシスコ湾《ベイ》、この大きな赤い橋は、ゴールデン・ゲート・ブリッジ。その上を…気球と飛行船が、飛んでいく…まるで夢のような景色だ…。

その美しい版画の前に座りこんだ俺の瞳から、次から次へと、涙が溢れていく…。それをキチがなめている。それすらわからなかった自分に驚いてしまう。

だって、なんで泣くことがあるんだ？　全部自分で決めたことじゃないか。

今更、泣くなんておかしい…。

版画から目を逸らすと、位牌《いはい》の前の写真の母と目が合ってしまった。

泣いているのが見つかると恥ずかしいので、すぐにTシャツの裾で、拭いてしまった。


……ごめんね……涼……ひとりぼっちにして……

また母さんの最期《さいご》の言葉を、思い出してしまう。

俺は別に…アメリカに行きたかったんじゃなかったのかもしれない…。

ただ…悠里や…花月や…森下や…その他の同級生たちと一緒に、ひと夏を過ごしたかっただけなのかもしれない。

一緒の飛行機に乗って…見知らぬ街に降り立って…。

そこで、もっともっと大勢の友達を作って…。

もう二度と…寂しいことの…ないように…多くの人と知り合いたかっただけかもしれない。

なんで…俺…みんなと一緒に…行かなかったんだろうな…。

花月や…田崎のお父さんの…申し出を…どうして素直に受けられなかったんだろう。

みんなに置いていかれることが…こんなに寂しいとは…思わなかった…。

母さん…俺は未だに…生き方がよく…わからない…。

どうやって人に頼るとか…どうやって人に甘えるとか…そういうことが、よく…わからないんです…。

俺の人生は…これからも…ずっと…こうなのだろうか…。

もう…一人は…嫌だ…。

どこに行ったら…母さんに…会えるのだろう…。

その時だった。アパートの玄関がバタンと大きく開いた。

「涼ちゃん、洗濯なんてしてる場合じゃないよっ、ほらっ、準備するんだよっ！」

飛び込んで来たのは、悠里だった。

悠里に続いて入って来たのは、花月、そして、田崎のお父さん、森下に…来夏さんまで！

みんな…いったいどうして…。

「涼っ…何で言ってくれなかったんだ…。おかしいと思ったんだよ…。この頃、眠ると必ず、敦が出て来て、『お父さん、涼が泣いてる、涼が泣いてる…』ってそう言うんだっ…」

田崎のお父さんが、ぼろぼろ涙を零して言う。

でも…どうしてみんな…ここにいるんだろう…。今日はグレイス校への出発の日なのに…。

「何でだよ不破くんっ、僕、今朝、時間があったから、アメリカへ行く前に、『ＮＡＩＳ』のレッスンを受けて来たんだよ。そしたら、三階の画廊で君のお祖父さんに偶然会った。そして、この間の窓ガラスを弁償して下さったことのお礼を言ったら、そんなことしてないって…。ねえ、じゃあ、あれは…誰が払ったの…。どこからそんなお金を出したのっ…」

森下が涙で声を詰まらせる。

「涼、僕が一番悪いんだよ…ごめんね…ごめんね…僕…何も知らないで…涼の大使の権利を奪ってたんだね…。さっき、なっちゃんから全部聞いて、驚いた…心臓が止まるかと思った…ごめん…本当に…ごめん…何にも知らないで…僕…もう…恥ずかしくて…悪くて…どうしていいかわからないんだ…本当にごめんっ…」

来夏さんのあの真っ青な目から、次々と涙が溢れてくる…。

「不破…行きましょう…あなたがいなかったら…私たちだって行けない…アメリカは素敵なところだって教えてくれたのは、あなたなのに…そうでしょ…？」

花月はもうすでに充分泣き腫《は》らした目をしていた。

「涼ちゃん、キチの世話は僕がするからね…心配ないよ…。悠里も三週間家を空けるし、僕、なんか世話してないと、寂しいから、ちょうどいいんだ…。キチは僕に任せていいからね。みんなで行っておいで」

悠里のお兄さんの遥さんも駆けつけていた…。

「でも…俺…もう参加しないって、学校に言ってあるから…行けないです…」

「何を言ってます、不破、一人増えるくらいどうにでもなります。この私がついてるんですよ、そんなことは心配しないで下さいっ。私が何とでもしますからっ」

花月が俺の腕をしっかりと摑む。

「涼…お父さんも…どうしても…涼に…アメリカに行ってほしいんだよ…。うちの敦は…ちょうど高二の夏に亡くなったんだけど…あのコは、高校に入るとすぐに、アメリカに留学したい、アメリカに留学したいって、いつも言ってた。でも私はもうその時すでに妻も亡くしてたし、あの子しかいなくて、敦を自分の目の届かないところにやるのが嫌で、ずっと先延ばしにしてたら…ある日突然、自動車事故で亡くなってしまった…。あの時、行かせてやってたらって、今でも思う。もう二十三年間ずっと後悔してる…。だからって、涼に敦の代わりをさせているわけじゃないんだ。涼も…敦も…私の子だからひとつくらい夢を叶えてあげたいんだ…。ただ、それだけなんだ…」

「さ、涼ちゃん、荷物を詰めるよ。時間がないんだ。今晩六時の飛行機だから四時までに成田にチェック・インしないと、間に合わないんだ。ここから成田までどんなに車を飛ばしても、二時間はかかる。今、もう二時なんだっ。急がないと、飛行機が出ちゃうっ」

「でも、俺…」

「涼、敦が…涼は僕の弟だって…。お父さん、僕の弟を、もっと大事にしてあげてって、そう言ったんだ。昨夜…確かに…そう聞いたんだ…。涼…お前は…本当に優しいいい子だね…。お父さん、どうしてもっと早く気づいてあげなかったんだろうね…悪かったね…」

お父さんが、両手で俺を抱きしめた…。

……涼……いってらっしゃい……母さんはアパートでお留守番してるから……

でも…俺…みんなの好意に…甘えていいんだろうか…。

こんなおとぎ話みたいなことが、あるわけがない。

「さ、悠里、不破のスーツ・ケースを出して、適当に洋服と下着類をぶちこんで下さい。あ、遥さん、すみませんが、洗濯物、後で干しておいて下さい。それと、キチをどうか、お願いしますっ」

「あのね涼、これは僕から…。十二万と七千三百三十四円入ってる。これ、去年と今年で、涼となっちゃんが勝ち得た大使の権利を三等分したものだからね。こういうことは、ちゃんと言わなきゃだめだよ。友達なのに…。僕は大学に入ってからずっと、学習塾でアルバイトしてるから、お金の心配はもうないんだからね。ほら、ちゃんと受け取ってね…」

来夏さんが手渡してくれた銀行の紙封筒には、お札と硬貨が入っていた。

「はい、それとこちらは私から、同じく十二万と七千三百三十四円入ってます。受け取りなさい。嫌とは言わせませんよ」

花月がポケットから真っ白な封筒を取り出すと、それを俺に握らせる。

「涼――、なっちゃんと来夏さんの気持ちは受け止めなきゃだめだよ。その方がずっと価値のある旅になるからね…。みんなで大使の権利を分け合ったなんて、素敵じゃないか…。さ、涼、外に車を待たせてある。みんなで成田まで行こうね。先生には、私がちゃんと話をするから、心配いらないよ。どうしたって、連れて行くからね…」

だって…こんなの…現実のはずがない…。

白昼夢を見ているのかもしれない…。

「涼ちゃんっ、パスポートっ！　それに早く制服に着替えてっ！　時間がないんだからっ！

飛行機が出ちゃうんだよっ！」

悠里の張り上げる声でようやく目が覚めた。

夢じゃない…。

「それではみなさん、出発でーす！　涼ちゃんのお母さん、お留守番、よろしくお願いしま
すね！　三週間、あなたの大事な大事な息子さんをお借りしますからっ！」

花月が笑顔で、母の位牌に声をかけていた。

「お父さん…みんな…本当に…ありがと…。母さん…俺…行ってきます…」

俺は、スーツ・ケースに荷物を詰めると、急いで制服に着替えた。

夢ならどうか——覚めないでほしい——。


アパートの階段を駆け降り、みんなでハイヤーに飛び乗る。

走り行く車の中から、来夏さんと…遥さん…そしてキチに手を振り続けた。

小さくなってゆく自分のアパートを見て、また涙が零れた。

あそこには母が待っている。

何も寂しがることはないと、今、ようやく、気づいた。
こんなに大勢の友達に恵まれて…。
一人ぼっちだなんて思って…ごめんなさい…。
俺、これからも元気で生きていきます。
行って来ます、母さん。
大好きな友達と過ごす——十六歳の夏です。

Friendship never dies.
Fortune never lies.
Summer days ever ever last…
always
for the boys.

完

# あとがき

新年明けまして、おめでとうございます。とうとう西暦二千年を迎えましたね。

さて、今回の『砂時計の少年たち』の中で、英会話学校が登場しましたが、実は私は小説家であると同時に、英語の先生もやっております。今、現在も英会話学校に非常勤講師として勤めていて、会話なら子供から大人までの一般英会話、それプラス、受験英語も英検も、ＴＯＥＦＬもＴＯＥＩＣもとにかく御要望があれば、何でも教えてます。今はさすがに時間的余裕がなくて、週に二、三回くらいしか教えに出られませんが、やめようと思ったことは一度もありません。と、言っても、締め切り間近で、まだ全然原稿が進んでない時に、授業に出かける日などは、もう頭はパニックで、焦《あせ》る気持ちと、睡魔《すいま》と、ストレスと戦わざるを得なかったりします。もうだめだ〜、とか思いながら、それでも気持ちを立て直して教室に入ると、心はすぐに復活します。生徒さん一人一人の、あの、どきどきわくした、ぴかぴかの笑顔に会うと、ああ〜来てよかった、と思うのです。

たぶん英語の先生が『陽』の仕事だとしたら、小説家は『陰』の仕事。陽と陰がうまくミックスされて、私は生かされているのかもしれません。だから、ダブル本職。どっちが欠けてもうまくいかないような気がします。

今回の涼《りょう》の『時間がない』っていう思いは、実は私の思いと同じでした。私もなんだかんだといつも時間がない。仕事場の掃除もしたいし、植木の手入れもしたい。買い物にも行きたいし、本も読みたい。友達にも会いたいし、習い事にも出かけたい。布団《ふとん》も干したいし、洋服の入れ替えをしたい。猫《ねこ》も飼いたい。ＴＶの二時間ドラマも見たい。手紙も書きたい。でも、これ全部はとても無理。だから、小説を書かせてもらって、英語を教えて、あとは身の回り、小ぎれいにしていられればいいかなって思ってます。もうちょっと時間の使い方がうまくなればいいんだけどね。不器用だから、あれこれできないんです。でも二千年はもう少し、時間を大切に、色々なことにチャレンジできるよう、頑張ってみようと思います。

さて、秀麗《しゅうれい》学院と秀麗に出てくる先生ですが、実は学校と先生にはモデルがあります。私は高校二年からアメリカのハイ・スクールに転校することになったのですが、一年の時だけは、東京のとある私立の女子校に通ってました。この女子校がえらく楽しいいい学校で、生徒は怖いくらいにノリがよかった。朝学校に着いた時から下校時まで、みんなお笑いに走ってましたね。もう吐くほど毎日笑ってた。私はその頃、トップを切ってお笑い道を突き進んでいて、本気でお笑いに命をかけていた。先生はみんな温かいおっとりした人で、大声を出して、頭ごなしに生徒を叱《しか》ったりする人はいなかった。それでもそれは決して、私たちを甘やかしているわけではなく、私たちを一人の人間、一人の大人として見て扱ってくれていたのだと思います。そしていつだってゆったりと見守ってくれていた。授業中、私たちが妙《みょう》なお笑いに走ろうとも、ちゃんと受け止めてお笑いで返してくれるような、度量の広い（？）先生だった。それが黒田《くろだ》先生や鹿内《しかうち》先生の姿になって現れていることに、これを書いていて初めて気づいたのです。あの女子校でのたった一年間の出来事が、今の秀麗を生んだのかもしれません。あれは貴重な一年でした…。

そして、おおや和美《かずみ》先生、今回も素晴らしいイラストをありがとうございました。米満《よねみつ》編集長、一緒にプロットを考えて下さって、感謝です。編集のS様々、今回の秀麗を「もういいのよ、涼ちゃん、頼むからもうみんなに甘えてちょうだい～」と悲鳴まじりに読んで下さったそうで、それは何よりのお褒《ほ》めの言葉と受け止めております。編集部、校正、営業、書店の方々にはいつも本当にお世話になっております。そして誰よりも読者の方々には深く感謝しております。みなさん、今年もどうぞよろしくお願いします。

次の秀麗⑭はちょっと間が空いて、七月に出す予定です。その前に四月頃（間に合わなければ五月かも？）角川書店さんのティーンズルビー文庫から、男子高校モノを出させて頂く予定です。もしよろしかったら、そちらもチラッとチェックして頂けると幸いです。

二千年が、みなさんにとって素晴らしい年となりますよう、お祈りしています——。

未だ携帯《けいたい》・E—MAIL《メール》・インターネットとは無縁の、時代に逆行する七海花音《ななうみかのん》でした。

「砂時計の少年たち」のご感想をお寄せください。

♡おたよりのあて先♡

七海花音先生は

〒101-8001 東京都千代田区一ツ橋二-三-一

小学館・パレット文庫　七海花音先生

おおや和美先生は

同じ住所で

おおや和美先生

七海花音
ななうみ・かのん
12月21日東京都渋谷区で生まれる。現在は東京郊外在住。血液型A型。三人姉妹の真ん中。幼い頃はニューヨークで過ごし、小・中学校は東京。高校はサンフランシスコのクリスチャン・スクールに通った。上智大学外国語学部卒。歌舞伎・日本舞踊・能・狂言などの古典芸能が大好き。着物も好き。特に大正ロマン風の小紋にはうっとり。赤ワイン・緑茶・チョコレート…気がつくとポリフェノール含有率の高い食べ物を好んでいる。しかしその反面、体脂肪と戦っている無情な日々でもある…。現在パレット文庫より、聖ミラン学園物語シリーズと秀麗学院高校物語シリーズをそれぞれ大好評発売中！

パレット文庫
砂時計の少年たち 秀麗学院高校物語13

2000年3月1日 第1刷発行

著者
七海花音
発行者
辻本吉昭
発行所
株式会社小学館
〒101-8001 東京都千代田区一ツ橋2-3-1
編集 03 (3230) 5455 販売 03 (3230) 5739
印刷所
凸版印刷株式会社


ISBN4-09-421173-X

# 2月の新刊

## ふしぎ遊戯

外伝7

—永光伝（上巻）—

西崎めぐみ

原作・イラスト／渡瀬悠宇

ファン待望。コミックの続きを小説化。・・・その後のふしぎ遊戯が読める!!

秀麗学院高校物語13

## 砂時計の少年たち

七海花音

イラスト／おおや和美

涼は憧れのアメリカ留学の資金を作るため、深夜の工事現場で働き始めたが…。